嫌な顔されながらおパンツ見せてもらいたい
～余はパンツが見たいぞ～

IYANAKAO SARENAGARA OPANTSU MISETE MORAITAI

新木 伸［著］
40原［原作・イラスト］

1

BJ novel

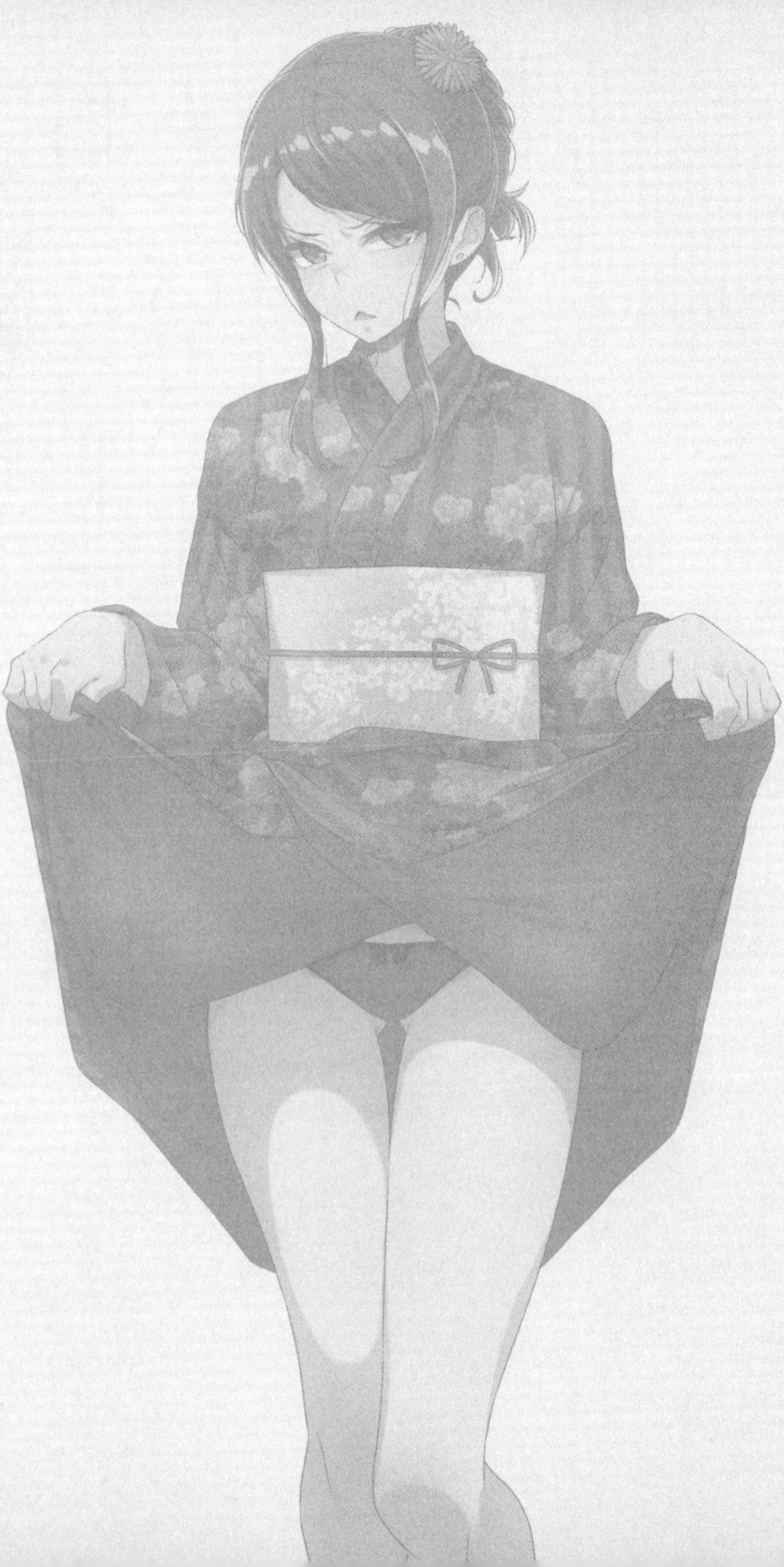

#01-01 メイド 伊東ちとせ

カーテンが半分ほど開いた隙間から、光が差しこむ。

光と影の交差するその場所で、椅子に腰掛けた男は、午後のゆるやかな時間を過ごしていた。

——余はパンツが見たいぞ。

ふむ……？

唐突に心に浮かんだその気持ちを、彼は不思議に感じた。

部屋の中では、メイドが紅茶を淹れている。

漂ってくるその香りから、本日の葉を予想することが、彼のひそかな愉しみとなっている。

彼の名は、豪徳寺《ごうとくじ》一声《いっせい》——。

公立高校に通う十七歳であるが、この屋敷の主《あるじ》でもある。

屋敷も、敷地も、室内の豪華な調度品も、ありとあらゆるすべてが、彼——イッセーの所有するものだった。十二の時点で当主を継いで以来、財閥のすべては彼の手の内にある。

メイドは——子供の頃から仕えてくれている女だった。歳は、イッセーよりもいくつかは上のはず。

はっきりとは知らない。

前に訊ねてみたことがあったのだが、そのときに、なぜか叱られてしまった。

いわく——。「女性に年齢を訊ねるのは失礼なことですよ」とのことだ。

「お坊ちゃま。——スコーンのジャムは、マーマレードでよろしいですか？」

メイドが訊ねる。イッセーは沈黙をもって答えた。

気心知れた間柄だ。それで肯定と伝わる。

彼女——ちとせの作るジャムはすべて手作りで、なかでもオレンジのマーマレードは絶品なのだ。

ちとせは紅茶を淹れ、ケーキを切り分けてゆく。

腰を支点に上体が動く。黒いメイド服のスカートに包まれたその腰は、女性らしい丸みを帯びていた。

その腰に、どうしても目が吸い寄せられてしまう。

これまでの人生において、一度も覚えたことのない、〝ある感覚〟が湧き起こる。

メイド服のスカート——。さらにその内側——。

そこにあるはずのもの——それが見たい。

——余はパンツが見たいぞ。

その衝動には、およそ、抗いがたい強さがあった。

うん。見たい。なぜだか見たい。

その気持ちを、そのまま口にすることにする。

「余はパンツが見たいぞ」

「……は？」

ちとせは手を止めて、こちらを振り向いた。

口をぽかんと開けている。

天才であるイッセーは、凡人のこうした反応には慣れていた。凡人に対しては、同じことを繰り返してやる必要があるのだ。

「余はパンツが見たいぞ」

「……はい？」

ちとせはまたも同じ顔。目を大きく開いている。

「三度も余に同じことを言わせるか……。まあいい。他でもないおまえだからな。もう一度だけ言ってやる。――余はパンツが見たいぞ」

「あ、あの……。お坊ちゃま？　そういうご冗談は、あまり――」

「冗談ではない。――余が冗談を言ったためしがあったか？」

「いえ――。ありませんけど――。ないですけど――」

ちとせはしばらく考えこんでいた。

そして顔をあげると、消えそうなほどに頼りない笑顔を浮かべながら、イッセーに言う。

「お坊ちゃまも、そういうことにご興味を持つお歳になったのですね」

「いいから早くパンツを見せろ」

ちとせの表情がぴきりと固まった。わずかに残っていた笑顔も、完全に消え失せる。

「お坊ちゃま……。冗談ではないと理解しましたけど。でもそれってセクハラですよ。いえ。お立場を利用されていますから、これはもうパワハラですね」

「そういうものか」

「最近はそういうのは問題になるんです。大問題です。お坊ちゃまは豪徳寺グループを治められるお立場なのですから、気をつけていただかないと。私だから冗談で済みますけど。他の使用人にそんなことを言ったら――」

「だから冗談ではないと。――二度目だぞ？」

「いまなら冗談で済ませてあげます、と、そう言っているんです。――はい！　はいはい！　紅茶が冷めてしまいますよ」

紅茶が出された。

オレンジのマーマレードを塗ったスコーンが添えられている。

紅茶を口に含み、スコーンを口にする。何度かそれを繰り返しつつ、ポケットからスマホを取り出した。

十数文字ほど書く。指示を送る。

送信。――と。

待つほどもなく、廊下を騒がしい声が近づいてきた。

「失礼しまーす！　お坊ちゃま！　言われた物を持ってまいりましたーっ！」

がらがらがら、と台車を押して、別なメイドが部屋に入ってきた。

「なんですか。菜々子《ななこ》。まったくもう……騒々しい」

ちとせは眉をひそめて、後輩メイドをたしなめる。

だが肝心の本人は――。

「――あっ先輩っ！　あっティータイム！　あっ紅茶！　スコーンもっ！　いいなー！　いいなー！」

菜々子は運んできた台車もうっちゃって――テーブルの上の紅茶とスコーンに目がロックオンしている。

「持ってきた物をそこに置け。……そうだな。縦に積み上げろ」

イッセーはそう言った。だが後輩メイドの菜々子は動かない。ていうか、そもそも聞いちゃいない。目はお菓子にロックオンしている。

イッセーはしばし思案してから、こう言った。

「仕事を終えたら、紅茶とスコーンを食ってよし」

「はい！　積むんですね！　縦積みですね！」

菜々子が動いた。さくっと動いた。素早く動いた。

台車に載せて運ばれてきたのはジュラルミンケース。その中からレンガぐらいの大きさの物体を握って取り出し、どんどんと、重たげな音を鳴らして床に置く。

縦積みしてゆく。

「えっ……？　お金？」

先輩メイドのちとせが、ぎょっとした顔になっている。

菜々子が手で掴んでは積み上げている、それは――札束なのだった。

「立場を利用して強要するのは、セクハラだと言ったな。では正当な報酬を払うぞ。おまえが我が家に雇用されていることは知っている。……よくは知らんが、〝給料〟なるものが支払われているそうだな。この仕事が業務外であるなら、特別な〝報酬〟を支払おう。

……とりあえず、おまえの背丈と同じ高さでよいか？　――菜々子。そこでストップだ」

「はーい!!　先輩の身長一六〇センチまで積みましたー!!」

ちとせの前には、彼女の背丈とちょうど同じだけの札束が積み上げられていた。

「わたし、知ってます！　お札の一束は百万円で一センチなんです！　――センパイほらほら！　一億六千万円ですよー!!」

命じられた仕事を終えた菜々子は、紅茶とスコーンに飛びついた。

そういえば「食ってよし」と許可を出したな。しかし本当に食うんだな。まあいいが。

「あーっ、やっぱり今日のセンパイのスコーン、すっごく美味しいです！」

「あの……。お坊ちゃま？　これって……、どういう……？」

札束の山と、イッセーとを交互に見ながら、ちとせは言う。

「足らんか？」

イッセーは言った。

どのくらいの値を付ければいいのかわからなかったので、とりあえずそこまで積ませてみた。

だが足りないというのであれば——。

「菜々子、追加だ」

「もうひょっふぉ！　ふぁっふぇふはふぁ～～ひ！」

菜々子は食うのに忙しいようだ。

金額を上乗せしなくてはならないのだが。ちとせが首を縦に振るまで。

「そういうことではございません！」

ちとせは硬い声と硬い顔とで、そう言いきった。

「まったくもう……、哀《かな》しいやら、悔しいやら……。お坊ちゃまがこんなふうに育ってしまわれたなんて、奥様が草場の陰で泣いていらっしゃるに違いありません！」

「いや。母は海外にいるが」

三年ほど顔を合わせていないが、べつに死んでない。

ヨーロッパにおける新事業の立ち上げで、日本をイッセーに任せて出ていったままだ。

ちなみに父はロシアとアメリカと中東を飛び回っている。

「だまらっしゃい！　とにかくそれだけ嘆いているっていうことです！」

「う、うむ……」

ちとせは睨むような目で、イッセーを見ていた。

イッセーは特に思うところもなく、その視線を受け止めていた。

ちとせがなぜパンツを見せることを拒んでいるのかは、よくわからない。

凡人の思考は、天才である彼には、よくわからない。

だがひとつはっきりとしていることがあって、これは彼女の側の問題だということだ。

金額に折り合いがつかないのであれば、こちらには積み増す用意がある。

ちとせのパンツを見る。

なぜなら「見たい」と思ったから。

これは確定事項であり――、変更はない。

「はぁ……」

ちとせは、深く深く、ため息をついた。

「お坊ちゃまは、昔から、こうと決めたことは頑固でしたね……」

「うむ。余が前言を撤回することは、そうそうないことだな」

「どうしても、見たいと、……そうおっしゃられますか？」

「ああ。どうしてもだ」

「私がそのことでお坊ちゃまを猛烈に軽蔑するとしても？」

「軽蔑という感情は凡人のものだからな。余は気にせんぞ」

「ああもうっ！」

ちとせは大きな声をあげると、自分のスカートに手を伸ばした。

……が、その手を途中で止める。

そこにいる菜々子に顔を向ける。

「菜々子！　いつまで食べているのですか。――ハウス！」

「ひどいですー。センパイ。わたしワンコじゃありませんよう」

ちとせはイッセーに顔を戻す。そして懇願する。

「……お坊ちゃま。せめて二人きりにしてください。お願いです」

「菜々子。……退室しろ」

「ええっ！　でもまだスコーンが残って――！」

「……スコーンも持っていってよし」

「はい！」

菜々子が出ていった。部屋が途端に静かになった。

鳥の声が、窓越しにわずかに響いてくる。そんな音さえも聞こえるようになった。

イッセーは椅子から身を乗り出した。いよいよパンツが見れるようだ。

「表情が硬いな。楽にしろ」

「これは軽蔑している表情です。嫌な顔です」

「そうか」

イッセーはうなずいた。

軽蔑されてもパンツが見たい。――さっき言った言葉だ。よって二言はない。

「お金で身を売らせるとか……。お坊ちゃまは、本当に最低です。最悪です。殿方として
まったく尊敬できません」

「いくらなじっても構わないが……。パンツは見せないのか？」

「――!!」

一番肝心なことを指摘してやると、ちとせは顔を引きつらせた。

「……み、見せます!!」

そしてメイド服のスカートに手を掛ける。

裾が十センチばかり持ち上がる。

そこで一旦止め、イッセーを見やる。

「止めないんですね……」

「当然だ」

再びスカートが上がってゆく。ストッキングに包まれた脚が、ふくらはぎから徐々に見
えてくる。

豪徳寺家のメイドは、皆、ロングスカートを着用している。普段は決して見えない場所
だ。

すこしずつ持ち上がってゆくスカートの裾を、イッセーはじっと見つめていた。

スカートの裾が膝小僧を越えたところで、一旦、止まった。

「あのお坊ちゃま……、本当に……」

「いちいち止めんでいい」

自分が苛立っているということに、イッセーはすこし驚いていた。

感情をコントロールできないということは、彼の人生で、はじめての経験だ。

はっきりと記憶に残っているが、赤子のときでさえ、自制心を発揮して〝無駄に泣き喚いたりはしなかった。

だがいまは、早く見せろと、赤子のように大騒ぎしたい気分だった。

「お坊ちゃまも、男だったというわけですね……」

「そこは関係ないだろう」

「はぁ……。まさかお坊ちゃまと、こんなふうなことになるなんて……」

ちとせは大きなため息をついた。

「これ？　下着を見せるだけでは済みませんよね？」

「なんのことだ？　――いいから早く見せろ」

「本当にお坊ちゃまは……、どうしようもない人ですね」

冷えきった軽蔑の眼差しとともに、〝おあずけ〟がようやく解除される。

スカートの裾が、膝小僧からさらに上がってゆく。

太腿の中程で、肌が見えはじめる。

突然のように現れた太腿が、艶めかしく目に映る。

ガーター吊りのストッキングは、太腿の途中で終わりを告げていた。

パンツまではもうすこし。あとほんの数センチ――。

おパンツ！　おパンツ！

スカートを止めているちとせに、目線で指図する。

「――ちぃッ！」

はっきりとわかるほどの、壮絶な舌打ちが響く。

そしてスカートが、最後の数センチをするすると上がっていった。

「おお……っ！」

思わず目を奪われた。

白い……白いおパンツが、黒いスカートと肌色の太腿の合間で咲き誇っていた。

赤く小さなリボンが、ワンポイントで飾っている。それ以外はすべて純白のおパンツだった。

ちとせのおパンツは清楚であった。

「……はふう」

満足した吐息を漏らして、イッセーは椅子に背中を預けきった。

よいものを見た。

ああ……。完全に満たされた。

充足しきって、至福のひとときに浸っていると――。

メイドが――ちとせが、話しかけてきた。

「ご主人様……、続きはせめて、寝室のほうでお願いしたいです」

冷たい目つきは、さっきまでと変わっていない。

まるで害虫にでも向けるような――そんな嫌悪の目を、イッセーに向けている。

そしてもうひとつ、イッセーには気がついたことがあった。

自分の呼びかたが、「お坊ちゃま」から「ご主人様」に変わっていることを――。

「いや。もう充分だ。もうすっかり満足した。よいものを見せてもらった。そうだ、紅茶……は、菜々子にすべて持っていかれていたのだな。あの食いしん坊め。――新しく淹れ直してくれないか」

「……は？」

ちとせは、目をぱちくりとさせた。

「あの……、お坊ちゃま？」

おや？　呼びかたが戻ったな。――イッセーはそこに気がついた。

「あの……、ひょっとして……、ほんとに……？　し、下着を……見せるだけ？　……なんですか？」

「はじめからそう言ってるが？　ほかになにがあるというのだ？」

「だけ……って、そんな……」

「――そういえばさっき変なことを言っていたな？　寝室がどうとか？」

「わっ！　わーっ！　わわーっ！　わーっ!!」

ちとせは突然叫びはじめた。

「どうした？」

「なんでもないです！　なんでもありません！　さ――さっきのは忘れてください！」

「いや。余は〝忘れる〟ということが不可能だが」

「じゃあ思い出さないでください！　さっきのはとんだ勘違いで――!!　ああやだもう！　恥ずかしい！」

ほっぺたを両手で押さえて身悶えを繰り返す。

そんなちとせを、イッセーは、わけわからん……と見つめていた。

「お坊ちゃま！　こ、紅茶ですねっ！　すぐに淹れてまいりますっ！」

ヘッドドレスを傾かせたままで、ちとせは部屋を飛び出していった。

その姿を見送って――。

「うむ」

イッセーは、ひとつ、うなずいた。

〝ご主人様〟よりも〝お坊ちゃま〟のほうが――。

うむ。やはりしっくりとくるな。

NEXT　ギャルＪＫ　藤野咲子

二限目が終わって、三限目までの一〇分間しかない休み時間――。

校庭に飛び出してボール遊びをやっている、小学生みたいな男子連中を、イッセーは三階の教室から、なんとはなしに眺めていた。

混じろうとは思わない。勉学、スポーツ、ありとあらゆる面において、彼は一般人とはレベルが違いすぎるのだ。本気を出してしまうと、競技が成り立たなくなってしまう。

凡人に混じることは、彼の天才性により不可能であるが、混じりたいかというほうの問いであれば――。

共学の公立校に、こうして〝普通〟に通っているのが、その答えとなるだろう。

豪徳寺財閥を率いる身として、一般人の〝普通〟を知っておく必要がある。凡人に通じておく必要がある。――そう判断したのだった。

クラスの中ではすこし変なやつ――くらいで通っている。勉学もスポーツも「本気」を出す必要はないので、きっちり平均点を取っている。

じつは女子の中では、けっこう人気が高かったりする。〝余〟という一人称も、女子の間では好意的に受け止められていたりする。超然としている様がよいのだと、もっぱらの噂である。

だがそれはイッセーの知るところではない。

女子に特別な興味などなかった。――これまでは。

開いた窓から、風が吹きこむ。

女子同士で話しこんでいるクラスメートのスカートが、ひらひらと揺れている。

茶色の髪が目立つ女子だ。名前は咲子《にこ》。遊んでいると皆に思われているが、本当かどうかまでは、やはりイッセーの知るところではない。

スカートが揺れる。

見えそうで見えない。

もうすこしで見えそうなのだが。

そう意識したとき――あの衝動が、イッセーの胸を、再び焼き焦がした。

――余はパンツが見たいぞ。

二人目のパンツが、いま、決まった。

藤野《ふじの》咲子《にこ》。

――いかなる手段を用いても、おパンツが見たいぞ。

#02-01. ギャルＪＫに札束積んでみた

「さて。片付けちゃいますか」

メイドの仕事は多岐に渡る。

一般的な家事——掃除、洗濯、食事の支度は言うに及ばず、豪徳寺家のメイドの場合には、来客への応対などもメイドの仕事に含まれる。

さらに彼女——伊東《いとう》ちとせの場合には、執事の仕事の領分まで、その職分に含まれていた。

秘書のように、お坊ちゃまのスケジュール管理を行うのも彼女の仕事のひとつである。

そしていま取りかかろうとしているのは、お坊ちゃまの部屋の整理整頓……。

放っておくと、二日とかからず、魔窟と化してしまうのだ。

天才であるが完璧ではないと、彼女だけが知っている。散らかし放題の部屋を見ると、ちょっと可愛く思えたりもする。

「あれ？　お坊ちゃまが、そういいいいいうことに目覚めたということは……。ひょっとして、そういういう本も、どこかに隠してあったりとか……」

まさかそんな、と思いつつ——。

ちとせが〝お宝探し〟の興奮を覚えはじめたところで——。

「ちとせーっ!!　ちとせはいるかあぁ——!!」

お坊ちゃまの声が屋敷中に響き渡った。

◇

イッセーは自室から慌てて出てきたメイドを見つけるなり——大声をあげた。

「なぜだ——っ!?」

「なぜ、と申されましても……。主語と述語を省略されましては、なんとお答えしようもないのですが」

「おまえは金を積まれてパンツを見せた。だが金を積んでもパンツは見れなかった。だから、なぜだ——と聞いている!!」

普段のイッセーなら決して出さない怒声が響き渡る。窓ガラスがビリビリと震える。

イッセーと一緒に部屋に入ってきた別のメイドが、ひゃあぁぁ、と、頭を押さえてしゃがみこんでいる。

「私はお金を積まれてパン——下着を見せたわけではありません！　だいたいあのお金は、あのあとで——お返ししたじゃないですか！」

ちとせは負けじと、声を大きくして返した。

この屋敷において、イッセーに意見できるのは彼女だけである。

「全額、先輩名義で、預金されてますよう」

うずくまっていたメイド——菜々子が、そう言った。

「なぜ——!?」

「ひゃああ!」

「余に二言はない。あれはもう支払った金だ」

「それじゃわたしがお金でパン——し、下着を見せたことになってしまいます!」

「だから聞いている。おまえは金を積んだらパンツを見せた。だがそうはならなかった。

それはなぜかと——」

「はいはいはい! はーい! いい解決策がありまーす!」

菜々子が手を上げる。

言い争っていたイッセーとちとせが、菜々子を見やる。

「先輩がいらないっていうなら、わたしがもらっちゃいまーす! ——なんたる名案!」

二人は菜々子から顔を外した。再び見つめ合う。

「私がお金を受け取ったかどうかはともかく——。お話が全然見えないんですけど? なにがだめだったんですか?」

「それなのだが……」

だいぶ冷静に戻った二人の間で、ようやく、会話らしきものが成立する。

イッセーは、学校で起きたことを語り始めた。

◇

「でさぁー、カレシがしつこくてー。返事してくんなーい、とか！　甘えんぼうかっつーの。もう二時なワケ」

「あははは－、ないない」

「だからエロい自撮り送ってやったら、イッパツで静かになってさー」

「ギャハハ。超ウケるー。ナニしてたか超ワカるー！」

二限目と三限目との合間の短い休み時間――。

うちのクラスのギャルどもが、品があるとは言い難い会話で盛り上がっている。

開け放たれた窓に腰掛けて、イッセーは外を眺めていた。

自分の席の近辺は、いまギャルどもに占領されている。自分の席に戻れないともいう。

だが下々の者の振る舞いでイッセーが腹を立てるようなことは特にない。

自分の机に誰のデカい尻が乗っていようが気にしない。

いまイッセーが気にすることがあるとしたら、それは、さっき急に心にのぼってきたあ、い、の感覚だけであり――。

「どしたん？　ニコ？」

ギャルの一人が、仲間の一人に声をかける。その一人は、さっきから会話に加わらず、考えこむような顔をしていた。

「ああうん……。お尻、下ろそうよ。そこイッセーの机だし」

仲間に対してそう言ったのは、ギャルの中の一人——藤野咲子《にこ》だった。

茶色い髪のギャル仲間ではあるが、彼女だけは人様の机に尻を乗せずにいる。それどころか仲間のデカい尻をイッセーの机から下ろしてくれようとしている。

「ああン？　〝余〟なんか、どーでもいいじゃん」

クラスの一部の者から、イッセーは〝余〟と呼ばれている。イッセーの用いる一人称が面白いらしく、そう呼ばれている。——イッセー自身はまったく関知していないのだが。

こうやって馬鹿にしてくる者もいるが、そんな様が〝超然としている〟と好感を持たれていたりもする。女子の一部からは、別な人気もあったりする。

そちらの女子は、〝余〟というあだ名のほうではなく、〝イッセー〟という名前のほうで彼を呼ぶ。

「なぁにー？　ニコってばー？　〝余〟のことぉ、気になるのぉ？」

「ち、ちがうって！　べ、べつにあんなの！　な、なんとも思ってないし！」

「た、し、か、にぃー？　カオだけは、イケメン、で、す、がぁー？」

「ちがうって！　さっきからイッセーがこっち見てるから！　だから気になってんのかと

思って！」

ギャルたちは、いつもと同じ話題で盛り上がっている。

いつもと違うのは、自分が話題に登場させられていることだったが、やはりイッセーは関知しない。

ギャルたちの話題はいつも恋愛やカレシとかの話だ。

イッセーはそんなことには興味はない。

彼の興味があることは、ただひとつ――。

「ちがうって！　ちがうって！　ちがうって！」

「ニコかわいー！　もっとイジメていい？」

藤野咲子《にこ》が声をあげるたび、ミニに詰めたスカートの裾がひらひらと揺れる。見えそうで見えない。

あのスカートの内側にあるものを、いま、とてつもなく見たい。

余は――おパンツが見たいぞ。

「おい、ニコ」

「だから違うって！　てゆうか、呼び捨てぇ？」

「おい、藤野」

呼び捨てはだめだと言われたので、上の名前で言い直す。

「なに？　イッセー？」

そちらは呼び捨てなのにこちらはだめなのか。どうしてだ。まあいいが。

イッセーは速やかに用件を告げることにした。

天才は時間を無駄にしたりしない。

「おい藤野、パンツを見せろ」

「……は？」

咲子《にこ》は、ぽかんと口を半開きにした。

む。いかんな。

いつもの命令口調がつい出てしまった。

「いまのは言いかたがまずかったな。――パンツを見せてくれ」

「いや、それおんなじだし……」

「まだ理解できていないか。何度でも言うが。スカートの中のパンツあるいは下着あるいはショーツと言われる物体を視覚的に確認したい。これで理解できたか？」

「なにそれ？　詫びで……、見せろとか、そういう話？」

「なんの詫びだ？」

ああ。さっき友達がデカい尻を机に乗せていた件か。

そんなことは一ミリも気にしていなかった。思い出すのにさえ苦労したほどだ。

「ギャハハ！　〝余〟――素直すぎー！　チョクで言うかねー！　ニコのパンツは高っかいぜー！　あたしのパンツだったら、漱石の一枚も出したら、いくらでも見せてやっけどー？　ギャハハ！」

ギャルが高笑い。

なるほど。高いのか。

イッセーはポケットからスマホを取り出した。

近くの男子が、「マジぇ!?」とか言いながら財布を確認していたが、イッセーは気にせず、スマホに素早く数文字ほど打ちこんだ。

送信。と。

「ちょ!?　イッセー――！　まさかとは思うけど……、あのウワサ、信じてないよね？」

「噂とは、なんだ？」

「わたしが、その……、あれやってるっていうハナシ……」

「あれ、とはなんだ？」

「だからあれだって！　……、……んこー、だってば……」

「聞こえん」

「だからエンコー！　ああもう！　イッセーまで信じちゃってるとか！　マジアリエナインですけど！　あんなの本気にするとか！　バカなの!?」

「そのエンコーとやらはどうでもいいが。……とりあえずパンツを見せろ」

イッセーはそう言った。

天才である彼は、一度見聞きしたことは忘れないが、〝エンコー〟というものは、一度も聞いたことがないので知らない。言葉自体は、クラスメートたちの会話に何度となく出てきているが……。

いまはそのことは、どうでもよい。

とにかくパンツが見たいのだ。——余はパンツが見たいぞ！

スマホに数文字打ちこんでから、数十秒は経っただろうか。

廊下を慌ただしく走ってくる足音を耳にして、イッセーは口許に笑いを浮かべた。

「お待たせしましたぁぁ！」

がらりと戸を開けて、ロングヘアの少女がジュラルミンケースを携えて教室に飛びこんできた。

メイドさんだ！　メイドさんだ！　——と、男子が騒ぐ。

たしかに本物のメイドではある。イッセーの館の使用人の実田菜々子《みたななこ》だ。

ただしメイドはメイドでも、先輩の伊東《いとう》ちとせのような完璧メイドとはほど遠く、ドジっ子メイド、駄目メイド、無駄飯食らいメイドと、三冠王の名をほしいままにするほうであるが。

「菜々子。遅いぞ」

「校門のとこから走ってきたんですよう！　この重いの持って！　褒めてください特別ボーナスください！　具体的にはこの中身の一パーセントでいいですから！」

イッセーはとりあわず——命じた。

「積み上げろ。縦にだ」

「はい！　縦積みですね！　またですね！」

どんどんどん、と、
おいおいあの束諭吉じゃね？　――とかいう声がクラスの中から聞こえてくるが、イッセーも菜々子もどちらも気にしない。菜々子も屋敷で働くからには、このくらいの現金には慣れている。

「身長、一五九ぐらいですかー？」

菜々子に聞かれた咲子《にこ》は、そのノリと勢いとに押されて、こくんと、首を折るようにしてうなずいた。

「はい！　背の高さまで、積み終わりましたー！」

菜々子が敬礼する。クラス中の視線が集まっているなか、気にせず元気に、明朗かつ快活に、イッセーに報告をする。

「よし。ご苦労」

褒められちゃったー！　と笑顔を輝かせる菜々子から目を外して、イッセーは咲子《にこ》を見やる。

そして言う。

「この金で、おまえのパンツを見せてくれ」

「……」

咲子《にこ》は無言。

「うっわ！　ヤッバ！　これ諭吉何枚あんの!?」

かわりにギャルが騒いでいる。

「ニコ見せちゃいなって！　ほらすごいよぜんぶ本物だよ！　てか見せるだけじゃなくていっそ売っちゃえー！」

「黙って」

友達に、ぴしりと言って――。咲子《にこ》は凄い目つきで、イッセーを睨《にら》んできた。

眉間に縦皺が寄りきっている。

茶色い髪で派手な容姿の咲子《にこ》が、そうして凄い顔をしていると、相当な迫力があった。

思わずイッセーも、たじろいだ。

「な、なんだ？　た、足りないか？　足りないなら――おい、菜々子」

「イッセーが、わたしのこと、どう思ってんのか。――わかった」

「む？　わかってくれたか？」

「ええ。……やっぱ、思ってたんだ。ウリやってるって。あんな噂。信じてたんだ？」

「うむ。買おうとしている。――背丈まで積んでみせたから、これでパンツを」

「見せるわけないだろおぉぉ、がっ！」

咲子《にこ》の手が、一閃した。

◇

「——と、いうわけだ」

イッセーは学校で起きたことの一部始終を、ちとせに語った。

遮らず、話をすべて聞き終えたちとせは、深く深く、ため息をついた。

「はぁ……っ。バカですか」

「いや。余は天才だが」

「いえ。言いかたを間違えました。お坊ちゃま。それは引っぱたかれて当然でしょう。グーでなかったところは、むしろ優しいです」

イッセーの顔の半分に、くっきりと残った手形を見ながら、ちとせはそう言った。

「引っぱたかれたことは、どうでもいい。——なぜだ？　なぜパンツを見せてもらえなかったのだ？」

「あたりまえです！　……いえ失礼しました」

イラッときて、思わず声を荒げてしまったちとせは、すぐに謝罪した。

イッセーが本気でわかっていないということは、彼女にはわかっている。

「だかおまえは金を積んだらパンツを見せたぞ。身長と同じだけ積んだのだ。しかし見れなかった。——なぜだ？　——どうしてだ？」

「だからわたしはお金でパンツを見せたわけでは……。いえ……。わからないでしょうから、もういいです」

　すっかり諦めの心境で、ちとせは言う。

「だいたい、あなたもあなたです。──菜々子」

「ご主人様の命令でしたのでー」

　悪びれず、菜々子は言う。

「従うべき命令とそうでない命令とがあります！」

「余の命令に異を唱えられるのは、おまえだけだぞ。──ちとせ」

「それはまあ、そうですが……」

「まあいい。それよりも、理由だ。おまえには理由がわかっているようだな。説明しろ。なぜ余はパンツを見れなかった？　なぜ拒絶を受けた？」

「それをお坊ちゃまに説明しきれる自信はありませんが……」

　前置きをしたあとで、ちとせはあきらめ顔で、話しはじめた。

「まず、そうですね……。人には〝好感度〟なるものがあると思ってください」

「ふむ。好感度……、だな？」

「それが今回のバカな……いえ、お坊ちゃまの無思慮な成功体験による繰り返し手法により、マイナス一億点になってしまったのだと思ってください」

「ま、マイナス一億点……」

　イッセーの顔に驚きが広がる。上手くいかなかったことは、多少、気づいていたが……。

そこまでだったとは……。

「そ、それは……、ど、ど、どうすれば……」

動揺しているそのイッセーの顔が、年相応の高校生の少年の顔に見えて、可愛く思えて——。ちとせは一瞬、ドキリとした。

だがすぐに主従を思い出す。

「相手の女性は、クラスメートなのですね？」

「うむ。藤野咲子《にこ》という。隣の席だ」

「なら好都合です。なるべく一緒の時間を過ごしてください」

「授業はいつも一緒だぞ」

「授業以外も、なるべくです。クラスの移動とか、昼食時とか、ありますよね」

「ふむ。了解した」

「最初は嫌な目で見られるでしょうが、針のむしろは我慢してください」

「目つきのことか。余は気にせんぞ」

ああそういう人でした。——と、ちとせは思った。

「好感度を上げるところからスタートとするべきです。そのための方法は、いろいろとお教えします」

「うむ。頼りにしているぞ！」

イッセーは笑った。

イケメンの笑顔は犯罪よ——とか思いつつ、ちとせは、なんでこの人に仕えちゃったんだろう、と嘆いていた。

＃02-02　ギャルＪＫに優しくしてみた

「おはよう。咲子《にこ》」

朝、学校の教室にて――。

教室に入っていったイッセーは、咲子《にこ》の姿を見かけて、朗らかに声をかけた。

「呼び捨てすんなし」

じろりと睨まれ、不機嫌そうな声で、そう言われる。

「おはよう。藤野咲子《にこ》」

「呼び捨てのまんまかよ。――ていうか、話しかけんな！」

「ふむ」

つまり、下の名前で呼ぶか名字をつけるか、敬称を省略するかどうかにかかわらず、会話不可ということだ。

これが好感度マイナス一億点とやらの効果か。

「同級生としての朝の挨拶もだめなのか？」

「あんた？　昨日、なにしたか、覚えてないの？」

「記憶力に関しては自信がある。赤子のときからすべての記憶がある」

「じゃ、なにしたかも覚えているわよね？」

もちろん、覚えている。

「うむ。パンツを見せてくれと――」

「だから！　言うなーっ！　――てか！　話しかけんな！」

それ以降、咲子《にこ》は口を開こうとはしなかった。

◇

朝のＨＲが終わり、一時限目の授業がはじまる。

隣の席で授業を受ける咲子《にこ》を意識しながら、イッセーは授業を受けていた。

ちとせに言われたことを思い出す。

いわく――。

「好感度」を稼ぐには、〝優しく〟するのがいいらしい。

〝優しく〟するというのが、具体的にどういうことなのか、イッセーにはいまひとつわからなかったのだが……。

ちとせが言うには――。

「落ちたぞ」

隣の机から、ころんと転がり落ちた消しゴムを、イッセーは拾ってやった。持ち主の机に戻す。

はじめ、目をぱちくりとしていた咲子《にこ》だったが、ややあって――。

「あ、ありがと……」

小さな声で、そう言ってきた。

会話禁止だったはずだが……。どうやら解除されたらしい。

ふむ……。

これが〝好感度〟を稼いだということか。

ふむ。ふむふむ……。

なるほど。

◇

二限と三限の合間の休み時間。

「ったく。なんでわたしが……」

咲子《にこ》は大きな段ボールを抱えて、地学準備室から出てきた。

運悪く教師に捕まって、資料を教室まで運ばされる役を仰せつかってしまったのだ。

なにが入っているのか、段ボールはずしりと重い。

こんな重量物を女の子に持たせる教師に、呪われろ、とか思いつつ、咲子《にこ》がふらふらと歩いていると――。

「持とう」

「えっ？」

咲子《にこ》が目をぱちくりしている間に、イッセーは横から現れて、段ボール箱をスマートに奪い去っていた。

「えっ？　あっ――ちょっ！」

咲子《にこ》は慌てて、イッセーを追いかけた。スタスタと歩くイッセーのまわりを回りながら話しかける。

「べ、べつに！　持ってなんて言ってない！」

「こんな重たいものを女子に持たせるあの教師は、まったく、ひどいやつだな」

「え？　あ？　う……、うん」

さっきまで思っていたのと同じことを言われ、咲子《にこ》は、つい、うなずいてしまった。

優しいところ、あるじゃん。――と、すこしばかりイッセーを見直した。

咲子《にこ》はイッセーと並んで歩きながら、一緒に教室に向かった。

◇

四限目には、ミニテストがあった。

その最中、咲子《にこ》は最大のピンチを迎えていた。

やっべー。

芯がない。

シャーペンの芯を切らしてしまった。

もうすぐなくなっちゃうなー、とは思っていたのだ。

買っとかないとなー、とは思っていたのだ。

こんどコンビニ寄ったら買っとこ、とは思っていたのだ。

そう思いはしたのだが、すっかり忘れていた。

あーもー、どうしよう！　センセに言えばいいのかな。でも恥ずいし。

と、咲子《にこ》が迷っていると――。

机の端に――すっと、シャー芯が何本か現れた。

隣の席のイッセーが、答案用紙に向かいつつ、何気ない仕草でシャー芯を三本、置いていったのだ。

やだ……。なんでわかったの……？

自分のピンチを察してくれたイッセーへの好感度が、またごっそりと上がった。

◇

午後の授業は体育だった。

男子がバレーボールの試合をやっている。女子は隣でバスケをやっているが、半分ぐらいは男子の試合を見ていたりする。

「なにー？　ニコー？　誰みてんのー？」

「み、みてない」

ギャル友達が寄ってくる。ニマニマとした顔で言われて、ニコはぷいっと顔を背けた。

「誰、だれ、ダレー？　ダレめあてー？　どのオトコー？　ほらぁー、白状しちゃえよー！」

「べっつにー、みてないしー」

「あ。余のやつが、スパイクする」

イッセーが物凄いスパイクを決めて、点を取る。

咲子《にこ》はしっかりとそれを見ていた。

セッターの男子とハイタッチしたイッセーが、振り返る。咲子《にこ》と目が合って――。

「見ていたか」

「み、みてないしっ！」

「優しいところと、カッコいいところだったな。――どうだ。いまのはカッコよかったか？」

「か——！　カッコいいなんて思ってないしっ！」

「ふむ。足りぬか。ならばもっと活躍を——」

「——そ、それより！　ほら！　試合！　試合！　続いてる！」

イッセーがコート脇の咲子《にこ》と話しこんでいる間にも、試合は続いていた。

イッセーがまったく試合に参加しないものだから、相手のスパイクは見事に決まってしまう。

なにやってんだよ、イッセー、と、男子が怒る。

「すまんな」

指先を軽く上げて、イッセーは応じる。それで相手の男子も、しょうがねえな、という顔になる。

前々から思っていたのだが……。

そうした様が、王子様とか貴族とか、そうした雰囲気を備えている。

「ああほら、もう、イッセー。相手、相手、もうサーブ打つって——」

「そんなことよりも、余はいま、ニコ——おまえと話すことのほうが遙かに重要だ」

「だ、だから……、呼び捨て、すんなってゆーの……。あ、あと……、わたしと話すの、そんなに大事って……」

「ニコ」

「は、はい！」

「あぶないっ！」

「えっ？」

イッセーは咲子《にこ》に飛びかかるように動いて――。

そしてサーブの打球を、その顔面に浴びた。

「イッセー！」

「ら、らいじょぶだ……」

「大丈夫じゃないって！　鼻血出てるって！」

顔を押さえて、イッセーが言う。だが押さえた手から、つう、と赤いものが流れ落ちている。

サーブは顔面にモロに当たっていた。

イッセーがかばってくれなければ、ニコに当たっていたボールだ。

サーブを打った男子が、わりぃわりぃー、と、謝っている。

わるいじゃないでしょ!?　血が出てるでしょ!?

イッセーもイッセーで！　指を、ぴっと立てて、カッコよく許してんじゃないっ!!

「なにー？　ニコ？　余にかばわれちゃってるー？　お姫様ー？」

「ば、ばかっ！　そんなんじゃないからっ！」

「ねえねえ、余さー？　ニコのこと、好きっしょー？」

「うむ。気になってはいるな」

き、気になっているって……。

だから昨日、変なこと言ってきたのかもっ？

イッセーはこんなふうに変なやつだから、こ、好意の表しかたが変だったというだけで
……？　本当は……？

「ニコさー？」

「ちがうから！」

「保健室、連れてってあげれば？」

「あっ……」

咲子《にこ》はイッセーを見た。

鼻血はまだ止まっていない。

保健室には、二人で行くことになった。

◇

ガッコ帰りは、一人だった。

いつもの友達とつるむ気にもなれず、足はなんとなく、駅前のアーケードに向かった。

クレーンゲームがいっぱい置いてある店に、なんとなく入って眺めていると、ちょっと

可愛いマスコットが見えた。

「あー、ほしいなー、でもあれは取れないなー」

ちょっと無理っぽい。ていうか絶対不可能な配置に見える。

「あれが欲しいのか？」

突然、背後から話しかけられて、咲子《にこ》の心臓は、ドキン！　と、十センチばかり物理的に跳ね上がった。

「い、イッセー！　なんでいんの!?」

「おまえの欲しがっているのは、あの変な人形で間違いないか？」

「質問に答えなさいよ！　あとキモくない！　かわいいじゃん！」

「キモイとまでは言ってない。可愛いかどうかは余にはわからん。凡人の感性は、天才である余には理解できたためしがない。あと最初の質問に答えるが、なぜここにいるのかといえば、それはおまえのことが気になっているからだ。——ニコ」

「き、気になっている……って？」

咲子《にこ》はほっぺたを押さえた。

またゆった。

やっぱりそうなんだ。やっぱりイッセーって、わたしのこと……。

赤くなったほっぺたを見せないように、咲子《にこ》は顔を強く押さえた。

「てゆうか……。それ……、ストーカーじゃん……」

咲子《にこ》は、かろうじて文句を言うことができた。

ストーキングされて嬉しい、なんてことは、思ってもいない。絶対にない。

「ふむ。もう下の名前で呼んでもいいわけだな」

「あっ……」

言われて、気づく。

これまで呼び捨ては許してなかった。毎回訂正していた。

だけど咲子《にこ》は、なにも言わなかった。

「む？　クレジットカードは入らんのか？」

イッセーは、百円の投入口にクレカを通そうとしている。

「ばかなの？」

「菜々子」

イッセーがそう口にした途端――。

「はいですー！」

「うわぁ！　なんかいた！」

この前も見たメイドさんが急に現れて、咲子《にこ》はびっくりした。

「こんどは何億円ご用意しますかー！　ご主人様ー！」

「百円玉を、一枚、用意しろ」

「一枚で足りるんですかー？　五十枚包みの棒金もありますよー？」

「余を誰だと思っている。一度の施行にて充分だ」

「はい。じゃあ百億えーん」

メイドさんは、引きずっていたスーツケースからではなく、自分のポッケから百円玉を取り出して、イッセーに渡した。

そして消えた。

百億円とか言うのでぎょっとしたが、百円を百万円とか百億円とか言っちゃう、昭和センスのジョークだったらしい。

「あの変な人形だな」

「だからカワイイって……」

「すまない。カワイイやつだな」

「べつに言い直さなくたって……」

見えにくいところにあるマスコットを指差して確認し合う。自然と体が近くなる。

近い近い近い近いって！　……でもちょっと役得感。

「百円で充分とか、イッセー、そんなに自信あるの？　やりこんでる人？」

「いや。このゲームをやるのは、はじめてだが……」

「まっさかぁ」

なら、なぜそんなに自信満々？

「ふむ。①のボタンで横移動。②のボタンで縦移動か」

説明書き、読んでる。

ほんとにはじめてだった！

「よし。見えた」

なにが〝見えた〟というのか。

イッセーはなんの気負いもためらいもなく、無造作にボタンを押しこんだ。

クレーンが動いて、真上で止まる。

そして下りはじめる。

「あっ……、あっあっ！　すごい！　ほら引っかかってる！」

絶対に不可能と思われた配置だったのに、ストラップの紐がクレーンに奇跡的に引っかかっていた。

「ほら！　イッセーがんばって！　とってとって！　とって！」

「べつに頑張らずとも取れるがな。それにボタンはすべて操作した。余のすることはもうない」

イッセーは筐体《きょうたい》に背を向けた。――そして言う。

「完了だ」

その声と同時に、イッセーの背中側で、マスコットが落ちた。

「きゃー！」

咲子《にこ》は取り出し口に飛びついた。

欲しかったマスコットを手にして、それから思い出して慌てて、イッセーに振り返る。

「あっ——ほらはい！　お金、百億円っ」

百円玉を渡そうとすると、イッセーは——。

「プレゼントさせてはもらえないのか？」

「う……」

咲子《にこ》は困った。

なんか借りを作るみたいで、やだったのだが——。

しかし借りといえば、イッセーには百円なんかよりも、もっと大きな借りが……。

「あ、あのさ……、わたし、謝っとかないと」

「謝る？　なにをだ？」

「昨日、ぶったじゃん……」

「ああ、そういえば。昨日、ぶたれたな。誇ってよいぞ。おまえは余を叩いたはじめての人間だ」

「ヘンなこと言うから……、ぶっちゃったけど……、だけど、イッセーって、いいやつだし……。今日もいろいろ助けてもらったし……。だから、ぶっちゃったのは、悪かったなー、って」

「ふむ。そうか。好感度は上がったか」

「べ、べつにそんな！　ただフツーにいいやつだって、そういう意味だから！」

咲子《にこ》は力の限り否定した。

だがイッセーは感じ入ったようにうなずくばかり。「やはり正しかったのか」などと、わけのわからないことを言ってうなずいているばかり。

イッセーはさっき、好感度がどうとか言っていた。

そんなべつに、好きになったとか気になってるとか、そういうのじゃない。

「ご、誤解しないでよね！」

咲子《にこ》はイッセーの手にあるマスコットを指差した。

「それ！　欲しいだけだから！　プレゼントでもらうんだったら、そこんとこ、ちゃんとしておかないとだめだって思っただけだから」

「真面目なんだな。ニコは」

咲子《にこ》は前髪をいじった。

「そうだよ。こんななりしてるから、けっこう誤解されるけど……。わたし、真面目なんだから」

茶色の髪をいじりつつ、咲子《にこ》はそう言った。

「ああ。もちろん知っていたとも」

なんなのこの包容力。

咲子《にこ》はくらくらとしていた。

「ほら。やるぞ。余からの下賜《かし》である」

「あ、ありがと……」

イッセーの手からマスコットを受け取る。

マスコットをさっそくカバンにぶら下げて、手は再び髪に戻る。

「ね？　わたし……。黒髪にしたほうが、いっかな？」

「いや。そんなことよりも――」

勇気を出して聞いてみたのに、〝そんなこと〟で片付けられた。

そしてイッセーは、さらに、とんでもないことを口走った。

「余のことを見直したろう？　ならば、パンツを見せてくれ」

「……は？」

「だから、パンツを見せてくれ」

聞き間違いではなかった。

こいつはやっぱり変わっていなかった。

咲子《にこ》は理解していた。

今日のあれやこれは、優しかったりカッコよかったりしたのは、すべて、パンツを見たいがためだった。

咲子《にこ》は、手を大きく振りかぶって――。

「ふっざ、けん――なぁっ!!」

イッセーの頬が、いい音を立てた。

＃02-03　ギャルJKのためにM&Aしてみた

「なぜだ――っ⁉」

屋敷中に響き渡る大声に、ちとせは眉間を揉みほぐした。

この展開、前にも覚えがある。

「なぜだ！　どうしてだ！」

「なぜと申されましても、主語と述語を省略されましては、なんとお答えしようもないのですが」

どすどすと足取りも荒く、部屋の中に入ってきたイッセーに、ちとせはそう言った。

「おまえの言う通りに〝好感度〟とやらを稼いだ。だがパンツは見せてもらえなかった。だから、なぜだ、と聞いている」

「お坊ちゃま……」

ちとせは、長い長いため息をもらした。

「……まさかとは思いますけど、また言われたんですか？」

「なにをだ？」

「ですから、パン……下着を見せろと、そう迫られたんですか？」

「無論だ」

「それじゃこの前と同じじゃないですか」

「だがおまえが好感度を稼げばよいと――」

「はい。好感度を稼ぎましょうとは言いました。充分に信頼されてからなら、そのように見事な手形をもらってくることもなかったはずですけど」

「痛かったぞ」

「当然です。乙女の怒りを思い知ってください」

「そういえば、なぜ怒る？」

「お坊ちゃまには決して理解できないでしょうから、説明する気もございません」

「まあ、それはどうでもいい」

そう言うイッセーに、ちとせは、はぁ、とため息をついた。こういう主人なのだ。

この前自分が怒った理由についても、「どうでもいい」で片付けられてしまっているわけだ。

「問題は好感度です」

「好感度であれば充分に稼いだはずだ。なにしろ一日も続けていたのだからな」

「信頼を築くにはもっと長い時間が必要です」

「なんと」

「またマイナス一億点に戻ってしまいましたよ」

「な、なんだと……」

イッセーは愕然としていた。

「ご主人様、フリダシに戻っちゃいましたねー」

お茶の用意をしている菜々子が、イッセーに言う。

スコーンをつまみ食いしながら、紅茶をどぼどぼと雑に注いでいる。

——ああもう、なにやってんだか。

イッセーとちとせが、二人してぎろりと睨みつけると、菜々子は、びくう、と、怯えた顔になった。

「……で。ここからはどうすればよい？　正直、おまえだけが頼りなのだ」

ちとせの胸が、ずくん、とうずいた。

ずるい。ちょっと困った顔をして、そんなことを言って——。

もうこの人は、本当に……。こちらがどんな言葉が欲しいのか、本能的にわかっているというか……。

一番言ってもらいたいことを、一番言ってもらいたいタイミングで言うんだから……。

本当にずるい。人たらしだ。

ご主人様から頼られるなんて、メイド冥利に尽きる。

「きっとこんなことになるだろうと思って、手は打ってあります」

「ふむ」

「お坊ちゃまが簡単に目的を達せられるとは思っておりませんでしたので」

「ふむ。余は信頼されていないのだな」

「いいえ」

ちとせは、にっこりと微笑んだ。

「信頼しております」

ご主人様が、フラグをへし折ってくるであろうことを、ちとせは完全に信頼しきっていた。

「きっと次の手が必要になると思いましたので……。我が家の手の者に調べさせてありまず」

「おお」

ちとせはテーブルの上に、資料を並べた。

「あー、黒メガネ部隊の人たちですねー。大変ですねー。探偵さんみたいなお仕事もするんですねー」

資料の隣に紅茶を添えながら、菜々子が言う。

たっぷり焼いてきたはずのスコーンは、一個しか残っていない。

「その言いかた、おやめなさい」

「だって黒メガネじゃないですかー」

「彼らには近衛衆《このえしゅう》という呼び名があります」

豪徳寺家に何百年も前から、先祖代々、仕えている者たちだ。本来の仕事は屋敷および主《あるじ》の警護であるが、その他の仕事も必要があれば遂行する。

「彼女に関するデータを収集しました。家族構成。趣味嗜好。好きなタイプ嫌いなタイプ。中学校時代の素行。プロファイリングに必要なあらゆるデータが揃っております」

「ふむ」

「それによりますと、彼女の理想の男性像は、常に自分を見てくれていて、支えてくれる頼りがいのある男性。――となりました」

「はーい！　センパイ！　センパイ！　センパーイ！」

菜々子が手を上げて、ジャンプまでしている。

「……なんですか。菜々子」

ちとせは嫌々ながら、菜々子に言った。

「たいていの女の子は、みんなそうなんじゃないかと思いまーす！」

「……で、結論は？」

「はい。結論は――」

ちとせとイッセーは、菜々子を無視して、話を進めた。

「――接触時間を、もっと増やしましょう」

「学校では一緒だが？」

「学校以外でもです」

「ふむ」

「彼女——藤野咲子《にこ》さんは、週に三日、某外食チェーンのファミレスでアルバイトをしています。そちらでも一緒にいることで、より接触時間を増やすことができます」

「アルバイト……。非正規雇用の時間制労働者のことだったな」

イッセーは記憶を探った。〝労働〟という概念は、彼にとって縁遠いものだったが、知識としては知っていた。

「同じ職場でともに働く〝仲間〟として過ごすことで、学校よりもより濃密に接触することができるのですが……」

「……が？」

「ひとつ問題が」

ちとせは頬に手を当てて、ため息をつきながら言った。

「お坊ちゃまには、無理なんです」

「なぜだ？」

「お坊ちゃまは面接で落とされます。雇用してもらえません」

「だからなぜだ？」

「お坊ちゃまには決してわからない理由です」

ちとせは大きくため息をついた。

こんな人が面接に行って、受かるわけがない。この求人難の、こんな時代であっても、絶対に無理。すくなくとも自分なら落とす。確実に。

「ふむ。なぜか理由まではわからんが、余は採用試験とやらに合格しないのだな？」

「その通りです」

　絶対の確信を持って、ちとせは答えた。

「ならば、買え」

「はい？」

　イッセーの言わんとすることが、いまいち理解できなくて、ちとせはバカみたいに聞き返した。

「そのファミレスは、どこぞの外食チェーンが経営しているのだったな」

「はい。その通りですが……」

「では、そこのチェーンを買え。Ｍ＆Ａを仕掛けて、買収しろ」

「……はい？」

　ちとせは――。馬鹿みたいな顔をして、問い返した。

　言ってることがわからない。

　いや言ってることはわかるけど。なにを言ってるのかわからない。理解できない。

「通常ルートで労働者として採用されることが不可能でも、その会社の経営権を握れば、業務命令を下して、余を採用させることは可能だろう」

ちょっとなに言ってるのか、わからない。

「労働」という言葉の意味を小一時間ほど説明してさしあげたい。

「え、ええと……」

「返事は？　はいかイエスで答えろ」

「ご主人様ーっ！　それどっちも同じ意味だと思いまーす！」

「は……、はい。わかりました。ただちに買収の手続きに入ります」

ちとせは、ようようのことで、そう答えた。

#02-04 ギャルＪＫのためにバイトしてみた

「本日から働いてもらう豪徳寺君だ」

休日の朝。店の開店よりも三十分早く集められた従業員たちは、怪訝な顔で店長の話を聞いていた。

新人バイトがやってきたぐらいのことで、ミーティングなんてやらない。

だが店長はひどく生真面目な顔になって、しかも直立不動。

横に立つ高校生の新人バイトが、まるで「上司」であるかのように緊張しきっている。

「豪徳寺だ。よろしく頼む」

新人バイトは態度が大きい。頭も下げない。

「皆、よろしく頼む！　決して粗相のないようにぃ！」

店長が悲鳴のような声をあげて、懇願する。

おかしな雰囲気の中、仕事がはじまる。店がオープンする。

「ちょっと……、なんでいんのよ？　あんたが？」

さっそくやってきた咲子《にこ》が、イッセーに言う。

「指導鞭撻《しどうべんたつ》を頼むぞ。ニコ」

「それは一応……じゃなくて！　なんでバイト先まで追っかけてくんのかって言ってんの。あと呼び捨てすんな」

「おまえと一緒の時間を増やすために余もバイトすることにしたのだ」

「偶然を装う気もないのね」

「余も高校生だからな。バイトをしたっておかしくはあるまい」

「建前を言うなら先にしときなさいよ」

「労働をするのははじめてだからな。よろしく頼むぞ」

二人が話していると――。

「あああ藤野くうん！　豪徳寺君と知り合いなのかあああい!?」

「じゃあああ藤野くうん！　豪徳寺君の教育係、任せたからあああぁ！」

「店長キモいです」

「えっ！　あっ！　店長！」

ほとんど逃げる勢いで、店長はあっちに行ってしまう。

バイトリーダーというわけでもないのに、そんなこと任されたって……困る。

それでも咲子《にこ》は気を取り直して、イッセーに教えることにする。

二回も引っぱたいた相手であるが、公私の区別は弁えているつもり。

「じゃ……、まずはホールの仕事から」

とか、声をかけたつもりだったが——。

イッセーの姿が、そこにない。

勝手にホールに出ていって、お客さんを席に案内している。

「ちょ——勝手に動くな！　あんたがなんかヘマしたら、わたしの責任になっちゃうんだからね！」

「他の皆の仕事を見ていればわかるぞ。客が来たら席に案内し、水を出し、オーダーを取り料理を運び、空いた食器を下げ、レジで会計すればよいのだろう」

「〝客〟じゃなくて、〝お客様〟だから。——そこ大事なとこだからね」

「ふむ。了解した」

「あと注文取るって簡単に言うけど。……ハンディの使いかた、わかるの？」

「ふむ……」

イッセーは、注文を取るためのハンディ・ターミナルの蓋を開いて、ピ、ピ、ピ、といくつか操作して——。

「理解した」

「したって……」

ほんとかよ、と、咲子《にこ》は思った。自分が最初のときには、全部覚えるまでに三日ぐらいかかった。

「あと卓番は……」

「表が貼ってあったな。一目見たから、もう暗記した」

「もうって……」

咲子《にこ》は呆れた。イッセーはいつもこんな感じのやつで、ウソとも思えないけど、ホント
だとしたら、教えること……ないじゃん？

「お客様のお越しだな。よし行ってこよう」

「えっ！　あっ！　ちょっ！」

さっそく一人で注文を取りに行ってしまう。

物陰から見守っていると……。特に問題もなく――というか、ベテランもかくやという
スマートさで、注文を取って戻ってきた。

教育係に任命された咲子《にこ》は、大いに慌てた。

「イッセー。あんた。バイトがはじめてって、ウソでしょ？」

「嘘などついてどうする」

「だって教わってないのに、できてるし」

「四番テーブルお願い」

キッチンから料理が出てくる。

「四番だな」

「あっ！　ちょっ――！」

またもやイッセーが勝手に動く。

止める間もない。

「またできちゃってるしー！」

帰ってきたイッセーに、咲子《にこ》は言った。

「なにを感心しているのだ？　ただオーダーを取り、注文の品を持っていっているだけだろう？」

「そうだけど」

なんでいきなりできちゃっているのか。ずるい。

「余は天才だからな。一度見れば、理解できる」

イッセーが顎をしゃくった先には、他のバイトたちの姿があった。

注文を取り料理を運び、接客をやっている。ホールの仕事の一通りの見本がすべて、そこに揃っていた。

けど……。

見ればできるようになるなら、なんの苦労もないんだけど……。

からかわれているんじゃなくて、本当に未経験であるなら、すごいことだった。

「しかし……。はじめてやってみたが、労働とは、存外に面白いものだな。――ところでニコ、おまえは労働しなくていいのか？」

「え？」

咲子《にこ》は、きょとんとなった。

そういえば、さっきからなにもやっていない。イッセーには教えなくてもよいようだ。なら自分の仕事をしないと――。

咲子《にこ》は自分の仕事をはじめた。

しかし同じホールで働くイッセーが、妙に気になる。大丈夫なのだろうと思っても、なにも教えていないので、ちゃんとやれているかどうか心配で……。

そんなふうに、イッセーのほうばかり気にしながら仕事をしていると――。

「それ、ちがいます」

「え？」

お客様にデザートを持っていったとき、そう言われた。

「注文したのはプリンパフェで、チョコパフェじゃないです」

「え？　え？」

咲子《にこ》は慌てた。

伝票は間違ってなかった。ということは自分がオーダーミスを出してしまったわけで――。

「失礼いたしました。こちら、プリンパフェです」

横からすっと現れたイッセーが、何事もなかったかのように、正しい品を置いてゆく。

「ニコ。こっちだ」

イッセーに腕を取られて、バックヤードに連行されてゆく。

「ニコ。そのチョコパフェは十二番テーブルに持っていけ。そうすれば帳尻が合う」

「え？　え？　え？」

咲子《にこ》は言われるままにテーブルに行き、チョコパフェを置いてきた。

戻ってくると、イッセーが出迎えてくれた。

「おまえがオーダーを聞き違えていたのがわかっていたからな。余の受けたオーダーと交換しておいた」

イッセーの機転で、オーダーミス自体が、なくなってしまった。

完全に咲子《にこ》のミスだった。それをフォローされてしまった。――悔しいほどに鮮やかに。

イッセーは今日入ったばかりなのに。自分のほうが先輩なのに。

あーもー。なんなんだか。

そんなことばかり考えていたせいか。

咲子《にこ》は、なにもないところでつまずいてしまった。

「あっ――!?」

料理が――。トレンチに満載していた料理が、宙を舞って――。

「おっと」

横から出てきたイッセーが、空のトレンチを構えていた。

宙を舞った料理が、すべて無事にキャッチされる。

ハンバーグは鉄板の上に収まり、パスタは皿に着地して、コーヒーだって一滴もこぼれずカップの中に戻っている。

「なっ……!?」

咲子《にこ》は床にへたりこんでいた。

驚きのあまり、声も出ない。

おなじように声もなかったお客様たちから、やがて拍手が起こりはじめる。

「足下に気をつけるといい。ニコ」

「あ……、ありがと……」

助けてもらって礼を言えないほど、咲子《にこ》は、ひねくれてはいない。

そして差しのべられた手を払いのけるほど、イッセーを嫌っているわけでもない。

咲子《にこ》はイッセーの手を取って立ち上がった。

彼の手は、女の子の手とは違っていて、力強くって……。

男の子の手だなー、と、そう思った。

「パスタセットとハンバーグランチ。お待たせしました」

料理は無事にテーブルに届けられた。イッセーの手によって。

「はぁ……。なんなんだろ……、わたし……」

バックヤードに引っこんで、咲子《にこ》はひとりごちた。

顔がほてっている。

イッセーのことを、また、〝カッコイイ〟なんて思ってしまった。

「まったく。この店のレジは非効率極まりないな」

「なにが?」

レジの仕事もこなしてきたイッセーが、なにか文句を言っている。

「預かり金と、釣り銭の渡しかただ」

「それが?」

「紙幣と硬貨を、手で数えるなど、愚の骨頂だ。それでは釣り銭ミスが生じるし、なにより時間のロスだ。レジに立つ間もバイトには人件費が発生しているのだぞ」

「イッセー、へんなこと言うよね」

「いや。いたって合理的だ。自動釣銭機の導入をぜひ進めるべきだな」

「自動? ああ。スーパーとかにあるやつ? お釣りが出てくるやつでしょ?」

「そうだ。全店舗に導入するとして……。うむ。導入コストは数期ほどで回収できるな」

イッセーはそんなことをつぶやいている。

単なるバイトじゃなくて、経営者みたい。店長だってそんなこと考えてやしない。本社のエラい人だとか、そういう人たちでもなかったら――。

咲子が笑《にこ》いかけたとき――。

それ――は、起きた。

「おいてめー! ふざけんなよ!」

ガラの悪い男の大声が店内に響き渡る。

何事か――と、店内のお客さんの視線がそのテーブルに集まっている。

後輩バイトの女の子が、いかにもガラの悪い客に捕まっていた。

「申し訳ありません――お客様。なにかありましたでしょうか」

咲子《にこ》はホールに出ていっていた。

普通、こういうのは店長が動くものなのだけど……。うちの店長、クッソ使えない。柱の陰から半分だけ顔を出して、頑張ってー、と合図してきている。

咲子《にこ》は後輩バイトの子をかばうように立つと、行って――と、目と手で合図を出した。

クレーム対応を自分が引き受ける。

「ご不快な思いをさせてしまい、大変、申し訳ありません」

「おまえがかわりに謝ってくれんのか？　あァ？」

「あの、いったいなにを――」

「うるせえ！　謝んのかどうなのかって、聞いてんだよ！」

まるで話にならない。どんな種類の問題があったのか。それさえ聞いていない。

酔っているわけでもないのに、まったく話が通じない。

「あのでもその、せめて事情をお聞きしないことには――」

「ふざけんな！」

男は咲子《にこ》を突き飛ばした。

「きゃっ！」

咲子《にこ》は床に倒れた。

「お、お客様、落ちついて……」

「土下座しろ！　土下座ぁ！」

「そ、それは……」

咲子《にこ》は絶句した。この仕事をしていると、ガラの悪い客とクレーマーには慣れてしまう。だが、こんな理不尽は咲子《にこ》の経験の中でもはじめてだ。

「土下座すんのか！　しろよオラぁ！」

「ニコ。こんなやつを客扱いする必要はないぞ」

イッセーだった。

腕組みをして立つその体からは、怒りのオーラが立ち上っているように見えた。

「ちょ――待って！　わたしが！」

「いや。余に任せてもらおう」

咲子《にこ》に言うと、イッセーは男に向かった。

「おい貴様。とっとと出ていけ」

「なんだと！　俺は客だぞ！」

「いいや。おまえは客ではない。なぜなら貴様からは金を受け取らんと、余がいま決めたからだ。金銭の授受がない以上、貴様は客ではないし、客ではない以上、クレームをつける権利さえない。威力業務妨害ないし建造物不法侵入で警察を呼ばれたくなければ、いま

すぐ自分の足で歩いて店を出ていくんだな」

「なっ……、なっ……、なんだとッ！」

客は激昂していた。

ああこれ暴力沙汰になる。

咲子《にこ》が心配した、そのとき——。

イッセーが、男の耳元に顔を寄せた。

そして——。なにかを一言、囁いた。

その瞬間、真っ赤だった男の顔が、さあっと青ざめていった。

これまでの威勢が嘘のように、男は怯えた顔になって、そそくさと店を出ていった。

咲子《にこ》は呆気に取られて見送った。

店内の他のお客さんたちも、呆気に取られている顔だ。

「なに……、したの？」

「うむ。説得だな。言葉によって、ご納得いただいたわけだから、これは説得に相違あるまい」

「そうなのかな……？」

「菜々子。情報ご苦労」

「なにか言った？」

急にイッセーが喋ったので、咲子《にこ》は聞き返した。

「いいや。なんでもない。こちらのことだ」

「だけど……。追い返すようなことして……。あとでＳＮＳとかに酷いこと書かれるかも」

「問題ない」

「ないことないってば。そういうので炎上して、潰れたお店だってあるんだから」

「仮にそうなったとしても、株価が下がる程度のことだ。問題ない」

「あんたは経営者か！」

「ＣＥＯだがなにか」

「馬鹿言ってんじゃないの！」

咲子《にこ》はイッセーの背中をばしっと叩いた。

カッコよく場を収めたぶんの〝ごほうび〟もプラスして、だいぶ強めの　発を入れた。

◇

「や。あがりも一緒なんだ」

バックヤードの更衣室を出ると、私服姿のイッセーと鉢合わせした。

「途中まで送ろう」

「……いいけど」

断る理由を探してみたが、なにも見あたらないので、しかたなくうなずいた。

二人で並んで道を歩く。

夕焼けが遠ざかって暗くなりはじめた道を、肩を並べて歩く。

咲子《にこ》は自転車を押している。イッセーはそういえば、なにで店まで来たのだろうか。歩きで来たわけでもないだろう。電車なら駅は逆方向だし。そもそもイッセーの家ってどこだっけ？　てゆうか、なんでそんなことが気になるのか。

単なるクラスメートのはずなのに。

もっと色々、イッセーのことが知りたくなってしまっている。

クレーマーから助けてもらってから、そのあと、イッセーがカッコよく見えちゃって仕方がない。

あらゆる仕事をそつなくこなしていた。

ピーク時にはホールだけでなくキッチンにまで入って、あっちの仕事も手伝っていた。十人分ぐらいの働きをしていたんじゃないかと思う。マジで。

「あ、あのさ……」

「なんだ？」

「き、きょうは、すっごい働いたよね」

「ああ。労働は気持ちよいものだということがわかったぞ」

「あのさ……。このままだと、うち、着いちゃうんだけど」

「そうか」

「よ……、寄ってく？　い……、妹はいるけどっ！」

なぜ妹がいることをそんなに強調して言うのか。自分でもわかんない。

「いや。遠慮しておこう。――それよりも今日の感想を聞きたいところだな」

「感想？　なにを？」

「余の感想だ。――どうだ？　見直したか？」

「そ、そりゃ、もちろん……」

見直すもなにも……。白状すると、超人に見えてた。

〝天才〟を自称するのがイッセーの口癖だったけど……。ほんとにそうかと思っちゃった。

「そうか。見直してくれたか」

イッセーは笑った。

あっ。この笑顔。好き。――咲子《にこ》は、そう思った。

「そういえば、ニコにひとつ頼みがあるのだが」

「え？　なに改まって？　呼び捨てをOKにさせろとか？」

「いや。それではない」

「まあいいや。言って言って！　なんでも言って！」

咲子《にこ》は思わずそう言ってしまっていた。

いまならなにを言われてもOKしちゃいそう。

「ではパンツを見せてくれ」

しばらくの間があった。

「……は？」

咲子《にこ》は眉間に縦皺を寄せて、物凄い顔になっていた。

汚物か虫か、なにかそんなものにでも向ける目で、イッセーを見返す。

すっごい嫌な顔で、イッセーを見つめる。

よりにもよって……。それかい。

「なんでも聞いてくれると言ったな」

「言ってない。しらない」

「いや。たしかに言ったぞ。なんでも言えと、ニコ、さっきおまえはそう言った」

「呼び捨てすんなし」

「前後の文脈を取れば、あれはどんな頼みでもOKしてくれるという――」

「――するかボケ」

「いやしかし――」

「一人で歩いて帰れバカ」

咲子《にこ》は自転車のペダルに足をかけた。

「おい。送ると余は言ったぞ。ニコ」

「送られてやるか」

自転車を全力でこいで、咲子《にこ》はイッセーを置き去りにした。

引っぱたいてやりたいと思ったが、それはしないでおいた。

もう二度ほど、ひっぱたいている。ひっぱたかれて喜んでいる節がある。だから三度目はなしだ。

〝ご褒美〟は、くれてやらない。

ばーか。ぶぅゎーか。イッセーのばーか。しんじゃえ。

#02-05 ギャルＪＫのために花火大会を救ってみた

「どうした？　ニコ？　浮かぬ顔だな」

授業の合間の休み時間。

窓枠に顎をのせて、ぐだーっとへたっている咲子《にこ》に、イッセーは声をかけた。

「……」

咲子《にこ》からの返事はない。

現在、好感度はマイナス一億点……のはず。

学校で声かけても、つーん。

バイトでも、つーん。

ここ数日、とりつく島もなかったのだが、今日の咲子《にこ》はずいぶんと元気がなかった。

いつもの「呼び捨てすんな」の言葉さえ返ってこない。

なにかすこし寂しい。なにかすこし物足りない。

「ニコ。パンツを見せてくれ」

「……」

もののためしで言ってみた。

いつもなら「ふっざけんな！」と、すごい嫌なものを見る目つきで睨まれるのだが。

最近、それがなんとなく日常となり、習慣化しつつあるのだが。

今日はそれさえもなかった。

「ぎゃははは！　ニコ！　余がパンツを見たいってさー！」

咲子《にこ》のギャル友達が、怪鳥のようにけたたましい声をあげる。

「アタシのみるー？」

「いや。安いパンツはノーサンキューだ」

「あっははははーっ！　アタシのパンツは安いってかー！　そうだけど！」

菜々子のやつも、身長の高さまでお札積んでくれたら見せますよー、とか言ってくるのだが……。いつでも見れるパンツは、どうにも見る気が起きない。パンツならなんでもいいというわけではない。

「ニコ。元気がないように見えるぞ。どうかしたのか」

嫌な顔を期待しての言葉ではなく、友人として、真面目に心配して声をかけてみた。

咲子《にこ》はしぶしぶといった趣で、顔を持ちあげた。

「はあ……。空気読めよ」

「余は天才であるが、そのエアリーディングという超能力は、持ち合わせていなくてな」

「屋上」

「む？」

「わたし行くけど。ついてくるんなら。……ご勝手に」

そう言うと、咲子《にこ》は廊下に出ていってしまった。

イッセーは教室に残された。

「余？　いかんの？」

ギャル友達がイッセーに言う。

「なぜだ？」

「あれ――、屋上でワケを話してやっから、ついてこいって意味でしょ？」

「そうなのか！」

「なのか――、じゃねえよ！　イケっての！」

ギャルはイッセーの脚を蹴ってきた。このギャルは空手だかムエタイだかをやっているので、蹴りは本格的だ。

「ふむ。では行ってこよう」

イッセーは屋上に向かった。

◇

昼休み以外では、屋上にはあまり人は来ない。

咲子《にこ》は鉄柵にもたれかかるように立っていた。

イッセーが近づくと、咲子《にこ》は校庭にぼんやりと目を落としながら、顔も向けずに、つぶやくように話しはじめた。

「わたしさ。……トモダチいるの」

「うむ。おまえはクラスでも人気者だな。ギャル仲間もたくさんだ」

「そういうんじゃなくて……。大切なトモダチ。クラスは違うけど。D組の梓川《あずさがわ》……、って、しらないか」

咲子《にこ》は決めつけていたが、イッセーはじつは全校生徒の名前を知っていた。なにしろ天才なので。

梓川というのは、咲子《にこ》とは違って、地味な感じの女子だった。

自分の前髪を指先でもてあそびながら、咲子《にこ》は言う。

「わたしさ……。中学のときって、髪もこんなんじゃなかったんだよ？　……もっと地味でさ。髪なんて真っ黒で……。高校デビュー！　しちゃったもんで……。あとクラスも違っちゃったしで……。アズサとはちょっと遠くなってたんだけど。でも大事なトモダチなの」

「そうか」

いわゆる〝親友〟と呼ばれるものなのだろう。

だが〝親友〟という言葉を容易に使わないあたり、咲子《にこ》らしいと、イッセーは思った。

「アズサ……、引っ越しするんだって」

「いつだ？」

「二学期になったら……、もういない」

「そうか」

「花火大会……、あるじゃん？」

「来週だそうだな」

近くの土手で花火大会がある。毎年恒例となっている。

「あれ。中止になるかもしれないんだって」

「ふむ？」

中止になるのか。なぜだろうか。

「アズサと一緒に……、二人で……、最後に花火見ようねって、約束してたんだけど
……」

なるほど。理解した。

離ればなれになる親友との最後の約束が叶えられなくなるので悩んでいたわけだ。

「ニコ……」

イッセーは咲子《にこ》の隣に並んだ。三十センチの距離を間に置いて、ただ傍らに寄り添った。

二人並んで、時間が過ぎてゆく。

「あー、ごめん！　こんな話をしたって、どーにもならないよねっ！」

咲子《にこ》はしばらくすると、イッセーに顔を向けてそう言ってきた。

「空気読めないあんたなんかに、心配させちゃって、ごめん！」

空気こそ読めないが、咲子《にこ》の様子が変なことには気づいていた。

なぜなら、ここのところずっと、咲子《にこ》のことばかりを見続けていたからだ。

「でも聞いてもらえて、すこし楽になった。そっかわたし。あんたが気づくほど、様子がおかしかったんだね……」

咲子《にこ》は噛みしめるような顔で、そう言った。

「ごめんね。ありがと。こんな悩み、みんなには言えないし。聞いてくれて助かったよ」

「ふむ。なにに感謝されているのかは、よくわからないが……。感謝したというのであれば——」

「ストップ。その先はゆーな。まーた、引っぱたかなくちゃならなくなるでしょ？」

疑わしそうな目つきを向けてくる。

ふむ。好感度とやらがまだ足らないようだな。

ここは引いておこう。イッセーはそう判断した。

◇

「花火大会。……で、ございますか？」

屋敷に帰り、ちとせに訊ねる。

「うむ。中止になりそうだという噂があるようだが。理由と原因を調べろ」

「はあ。わかりました」

そう言ってから、ちとせは不思議そうな顔をイッセーに向けてきた。

「あのう……」

「なんだ？」

「ひょっとして、咲子《にこ》さん絡みですか？」

「なぜわかったのだ？」

「いえなんとなく。強いて言えば女の勘というやつでしょうか」

ちとせは何度もうなずいて——。

「はあはあ、なるほどなるほど。咲子《にこ》さんのために、その花火大会をなんとかしたいという話なのですね」

「そうだ」

「ふふふっ……」

イッセーはちとせを見返した。

なぜ微笑む？

「いえ。お坊ちゃまが他人のことをそれほどお気になさるなんて……。はじめ、パン——

下着を見たいなんて言い出したときには、どうしたものかと思いましたけど。他人の心を案じられるようになったり、悪いことばかりでもないのかなーと」

「他人ではないぞ」

「えっ?」

「余がパンツを見たいと思った相手は、すでに他人ではないからな」

「あっ……」

ちとせは言葉を呑みこんだ。

その意味を解してゆくにつれ、頬がちょっと熱くなる。

お坊ちゃまは、いまは咲子《にこ》さん――正確にはそのパンツ――に夢中であるが、その前の標的《ターゲット》は自分であったわけで……。

他人ではない、などと言われると……。困ってしまう。

「とにかく任せたからな」

「はい。承りました」

ちとせはうなずくと、主《あるじ》のために紅茶を淹れはじめた。

◇

花火大会の運営本部には、どんよりと重たい空気が立ちこめていた。

地元の商会長。協賛企業の担当者。大勢の大人たちの顔には諦めた色が浮かんでいる。

倒産前の会社のような息の詰まる雰囲気だった。
さんざん引き延ばしてきた結論を、今日、いま出さなくてはならない。
何十年もの伝統のある花火大会だが、その開催が、今回は大変なピンチにあった。
巷でも噂になっている。
昨今の人手不足と、人件費の高騰とが理由だ。
花火大会を行うには大勢の警備員が必要なのだが、その警備員が集まらない。
無理をして集められないこともないのだが、確実に予算オーバーとなってしまう。
今年はなんとか借金をして開催したとしても、来年以降はどうするのか。
開催費用がこのままであれば、来年以降、どんどん借金が膨らんでゆくばかりだ。
引くのであれば、傷の浅いうちだろう。
「やはり今年の開催は……」
本部長は、ようようのことで、重たい口を開いた。
苦渋の決断を口にしようとする。
「やはり中――」
そのとき――。
「ちょおぉっと待ったあぁ！」
会議室の扉が、ばーんと開いて、部外者が入ってきた。
若い男と、かしずくようにそのあとに続く、黒い服――メイド服の女。

「な、なにかね君たちは!?」

「事情はすっかりわかっているぞ！　カネだな！　カネで解決する問題なのだな！」

乱入者はまくしたてるように、そう叫んだ。

「そ、そうだが……？」

乱入者の勢いに押されて、誰何《すいか》することも忘れて――本部長はそう答えてしまった。

「ならば問題ない！　カネならある！　さあ花火大会を決行するがよい！」

男が顎をしゃくると、もう一人のメイドがジュラルミンケースを台車に載せて運んでくる。

ぱかりと開かれたケースの中に入っていたのは、ぎっしりと詰めこまれた一万円札の束。束。束。束。

「うおっ！」

本部長は絶句していた。

「とりあえず二億円ほど現金で用意した。足りなければ言うがよい」

「あ……、あなた様は……？」

テーブルの上の現金と、謎の乱入者の顔とを、交互に見比べながら、本部長はようようのことで、そう言った。

「名乗るほどの者ではないが、ＮＰＯ法人――ＨＯＭとでも名乗っておこう」

「ＨＯＭ？」

「花《H》火を大《O》いに盛《M》り上げよう、の略だ。花火大会の開催を応援するぞ。今年だけでない。来年も再来年も安心しろ」

そして男はきびすを返すと、入ってきたドアに向かった。メイド二名が、しずしずとそのあとについてゆく。

「そうだ。——ひとつだけ、要望があった」

男は出てゆく前に振り返ると、そう言った。

本部長は、おずおずと聞く。

「な、なんでしょう……？」

「せいぜい盛大な祭りにしてくれ」

◇

花火大会の当日。午後七時。

からん、と下駄を鳴らして、イッセーは河原を訪れた。

後ろにはちとせと菜々子の浴衣姿もついてきている。ちとせは浴衣の着こなしも落ちついたものだが、菜々子のほうは巾着袋をぶんぶんと振り回して、屋台の食べものを次々と指し示しては騒がしい声をあげている。

運営本部の前を通りがかると、ハチマキを巻いた本部長が気づき、駆けよってこようとしたが――手で制した。

今日は一般の見物客としてやってきていた。

「お坊ちゃま。右前方。藤野咲子《にこ》さんです」

ちとせが言う。

イッセーも咲子《にこ》の姿をすでに人混みの中に見つけていた。

「いや。せっかくの逢瀬だ。二人きりにしておいてやろう」

二人は抱き合って泣いていたからだ。

いかなイッセーとて、いまそこに他人が割りこんでいいものだとは思わない。

イッセーは距離を置いて、二人を見つめた。

川面と、二人と、花火とが、すべて視界に収まる位置から、ずっと二人を見守った。

「しかし……」

と、イッセーは、傍らのちとせに目を向けた。

彼女の浴衣姿を、上から下までつぶさに眺める。

「しかし？」

期待する色を顔に漂わせて、ちとせが問いかける。

「メイドからメイド服を取ると、なにも残らんな」

ぴきぃぃ、と、ちとせのこめかみに青筋が浮かんだ。

「お坊ちゃま……、そこはお世辞であっても〝似合っているぞ〟とか、言うところですよ」

「そういうものか?」

「そういうものです。お坊ちゃまは、女心というものを、まるでわかっておいでであり ません」

女心、いま、関係なくね?　――と、イッセーは思ったが、なにやら怒りのオーラを発しているちとせに言うことは控えておいた。

エアリーディングという超能力は一向に身につかないが、他人が怒っているかどうかくらいは、見分けがつくようになってきた。

これまではまったくそういう部分に関心を払っていなかったので、自分でも長足の進歩だと思う。

「ご主人さま！　ご主人さま！　ごしゅじんたまー！　あれ食べていいですかーっ！　あっ！　あっちもおいしそう！　こっちもおいしそう！」

「好きにしろ」

菜々子に言う。

本日のこれは仕事ではなく余暇のつもりだ。特別の〝おこづかい〟も与えてある。

しかし、余暇だというのに……。

花火客の合間に、ところどころ、黒服黒メガネの男女が見え隠れしている。豪徳寺の近衛衆の者たちだ。

いついかなるときでも、主《あるじ》であるイッセーを守るのが彼らの役割だ。人混みの中での警護は、さぞ大変だろう。あとで臨時の報酬を与えてやらねばな。

「お坊ちゃま。ボーナスよりも、ねぎらいの言葉のほうが喜びますよ」

「おまえはなぜ余の考えることがわかるのだ？」

イッセーの問いに、ちとせは片目をつぶって、「メイドですから」と答えてきた。

わけがわからん。

「水あめ十本も当たっちゃいましたー！」

菜々子が戦利品を両手の指すべてに持って帰ってきた。

一本だけ受け取って、口の中に入れた。

うむ。甘いぞ。

◇

咲子《にこ》とトモダチの二人は、並んで花火を見ている。

やがてトモダチが、咲子《にこ》の耳元に口を寄せて、なにかを言った。

咲子《にこ》もトモダチに、なにかを言う。

イッセーの距離からは声は聞こえないものの、その口が「ばいばい」と動いたことは、容易に見て取れた。

指先だけを振り合って二人は別れた。

そして咲子《にこ》は、イッセーのほうに、迷わずまっすぐに歩いてきた。

メイドたちがこっそりと傍らから離れてゆく。

イッセーは咲子《にこ》を出迎えた。

「まだ花火は終わっていないぞ」

「気を使われちゃった。彼氏を放置プレイでいいのかって。……そんなんじゃないのにね」

「お別れは、もう済んだのか？」

「うん」

別れの感傷だとか、そういった凡人の感性は、イッセーにはいまひとつわからない。それがどういう感情なのか、そもそも理解ができないし、およそ自分がそうした感情に悩まされることはないと思える。

だが理解できないということと、配慮できないということは別だ。

咲子《にこ》と接することで、イッセーはそのことを学んでいた。

些末なことで大いに悩むのが凡人というものなのだ。原因と理由については理解できなくとも、感情、それ自体は尊重することができる。

混雑を避けて、人気の少ないほうへと、二人で並んで歩いてゆく。

「ああ、ほら……。もうすぐ最後の花火が上がるってさー」

咲子《にこ》がなにかを指差してはしゃぐ。

その手の動きで、浴衣の袖が振られる。

「最後、すっごい、連発でいくって」

咲子《にこ》と二人で並んで立ち、花火を待つ。

「ねえ、イッセー……」

ふと、咲子《にこ》が言う。

「なんだ?」

「あのさ。……へんなこと聞くけど、ごめんね」

「べつに構わんぞ」

「今日のこの花火大会が、突然、中止じゃなくなったのって……。もしかして、イッセーのおかげ?」

「どうしてそう思ったんだ?」

「さあ……。なんとなく……。なんでだろ。おかしいよね。高校生がこんなこと、どうにかできるわけないのにね」

じつはできちゃったりするわけだが。以前、背の高さまで札束を積んでみせたこともあるのだが……。あれはなんだと思っているのだろうか。本物の金ではないと思われているのかもしれない。

「さてな。おまえの想像にまかせるとしよう」

「なによそれ」

咲子《にこ》は笑った。

そして不意に笑うのをやめて、うつむき加減にイッセーに言う。

「……ありがと」

「感謝か。それならば言葉よりも他の形でもらいたいところだな」

「え、エッチなこととかは――ダメだからねっ！」

「エッチ？」

はて？　これまでにそんなことを要求したことがあっただろうか？　――というか〝エッチ〟とは具体的にどういうことだ？

ただ「パンツ」を見たいだけだ。

それはエッチとは無関係だろう。……そのはず。

「また言うんでしょ。……見せろって。でもそういうの、順番がちがうよね。でもちゃんと付き合うんだったら、そういうことだって――」

なにか思い違いをしているらしい咲子《にこ》が、早口でまくしたてる。

最後まで聞かずに、その話を止めさせる。

「ニコ」

「な、なによ？」

「パンツを見せてくれ」

当初からの目的を、咲子《にこ》に告げる。

「もう！　やっぱそれ！　またそれ！　だから言ったでしょ！　いま言ったでしょ！　そういうのは、ちゃんと付き合ってからだって――！」

これまでのように張り手はこなかった。咲子《にこ》は顔を赤くさせながら、大声で叫んでいる。

「いや。パンツだけで結構。〝付き合う〟というのは、どういうことか、よくわからんが、そっちはしなくていい」

「……は？」

咲子《にこ》の顔が、固まっていた。

「ふーん……。あっそう……。そうなんだ……。付き合うつもりはないんだ」

目の色が、すうっと冷めてゆく。

「それで？　パンツが見たいって？」

「うむ。余はパンツが見たいぞ」

「いいわよ。見せてあげるわよ」

おお。

その言葉に、イッセーは歓喜した。

前に回って、よく見える位置に陣取る。

通行人は、若干、いないこともなかったが――。脇から現れた謎の黒服黒メガネの連中に連行されてゆく。

無人の空間が、咲子《にこ》とイッセーの周囲にできあがった。
咲子《にこ》は物凄い目でイッセーを見ていた。
眉間には縦皺が寄りきり、その表情は、静かだが高圧の感情で満たされている。
だがイッセーはまったく気にしていなかった。
おパンツ。おパンツ。おパンツ。ようやくおパンツが見れるぞ。
最後の打ち上げ花火のラッシュがはじまった。
それを背景に背負いながら、咲子《にこ》は言った。
「その目、見開いて、ようく、目に焼きつけな」
もちろんだった。
浴衣の裾が持ちあげられてゆく。左右に開かれるようにして、裾が割れてゆく。
生の脚の白さと、夜の闇のコントラストとが、見事だった。
——と、そこへ花火が上がった。七色の彩りが加えられる。
浴衣の裾が太腿を越えて、さらに持ち上がる。
いよいよ、その瞬間がやってきた。
「おお……っ！」
紫だ。
咲子《にこ》のおパンツは、紫だった。
そして縦縞だ。縦のストライプ柄だった。

「これで満足？　この変態が」

「……はふう」

イッセーは、満足しきって……。ため息をもらした。

よいものを見た。

この数日、イッセーを突き動かし続けていた、飢えと渇きに似たような感情は、完全に満たされた。

充足しきって、イッセーは至福のひとときに浸っていた。

花火が終わった。

大会の終了を告げるアナウンスが流れはじめる。

観客たちが動きはじめる。ざわざわと周囲が騒がしくなってくる。

イッセーは咲子《にこ》に片手を上げると、すちゃっと合図した。

「明日！　また学校で会おう!!　アディオス!!」

そしてスタスタと帰っていってしまう。

あとには一人、咲子《にこ》だけが取り残された。

「……ばか」

咲子《にこ》は小さく、口の中でつぶやいた。

NEXT 本屋さん　松浦詩織

その日、学校帰りのイッセーは、駅前の書店に立ち寄っていた。

普段は電車など使わない。運転手付きの車で移動する。

だが思うところあって、イッセーは庶民と同じ行動を取ることにしてみたのだ。

駅前で立ち寄った書店では、おもに人間心理の本を物色した。

ちとせが言うには、自分は〝女心〟とやらがわかっていないらしい。

それを知っておけば、また「あの衝動」がやってきたとき、なにかの役に立つだろう。

咲子《にこ》のパンツを見て満たされはしたものの、いつまた再び、誰かのパンツを見たくなるかもわからない。

「本。お好きなんですか？」

女性書店員が話しかけてきた。

「うむ。文字を読むのは有益だな」

イッセーは顔も向けずに、そう答える。

知識の吸収には書物が一番効率がいい。イッセーの場合、常人がパラ見するぐらいの時間——わずか数秒で一冊を読破し終えてしまうので、なおさらだ。

開いていた一冊を読み終えたあとで、イッセーは話しかけてきた女性にようやく顔を向けた。

眼鏡をかけて、長い髪を後ろでひとまとめにした女性だ。赤いエプロンが似合っている。

「人間心理の本を――、とくに女性心理の本を探している」

「それなら、これとこれと、これとかですね」

「ぜんぶもらおう」

「全部……、ですか？」

「全部だ」

もう読み終わっていた本であるが、情報だけ持ち帰るのは窃盗だろう。

天才であるイッセーだが、凡人のルールは守ることにしている。

「じゃぜんぶ運んじゃいますねー！　お買い上げ、ありがとうございます！」

本がレジへと運ばれる。イッセーは女性店員の後ろ姿を見ていた。

彼女の穿いているのはジーンズで、スカートではない。

だがそのジーンズの内側にも、やはりパンツがあるのだろう。――と連想した瞬間。

〝あれ〟――がやってきた。

あの滾《たぎ》りに突き動かされて、イッセーは思った。

――余はパンツが見たいぞ。

#03-01 本屋さんに通い通してみた

「本……ですか？」

屋敷のメイド——ちとせは、学校から屋敷に帰ってきたイッセーのカバンを受け取ると、不思議そうな顔をした。

学校のカバンのほかに、袋がひとつ。

お坊ちゃまが買い物をされてきた。

そのことはべつに構わないのだけど——。

買ってきたものが「本」だったからだ。

「うむ。今日は書店に寄ってきたぞ」

「はぁ。……でもわざわざ買われなくても」

豪徳寺一声は、天才だ。

一度見聞きしたことは忘れない。

本など、数秒もあればすべてのページを、その頭脳に収めてしまえる。

つまり、読み返す必要がない。

よって、本を所有する必要がない。

実際、イッセーの書斎には一冊の本もない。

「お坊ちゃまは、本の内容なんて、何秒かあれば暗記されてしまえるじゃないですか」

「次のターゲットが、書店の店員なのだ」

その言葉に、ちとせの顔が、ぴき――と固まった。

（また次の女ですか……）

小さな声で、口の中だけでつぶやく。

「なんだ？　聞こえなかったぞ？」

「いえ。なんでもありません」

ちとせは、意識して、表情を柔らかくした。

主《あるじ》の望みは自分の望み。――と言い聞かせる。

嫉妬なんてしてません。嫉妬なんてしてません。これは呆れているだけです。――と呪文のように心の中で繰り返す。

「まさかまた札束を積んできたんじゃないですよね？　マイナス一億点からのスタートは、サポートするこちらも大変なんですけど」

「いや。前回はそれで失敗したからな。同じ愚を繰り返すことはしない」

「それはようございました」

上着を受け取る。首から抜き取ったスカーフを受け取る。

十数年も続けてきた作業なのに、なぜか今日は注視ができなくて、その背中から目を外した。

話題を変えるように、ちとせはイッセーに質問した。

「それで？　次の方は、書店の店員と言われましたか？」

「うむ。駅前の書店だ」

「わかりました。さっそく調べておきます。——黒部《くろべ》」

「はっ」

ちとせが部屋の隅に声を投げると、突如として、そこに黒服黒メガネの男が現れた。

いや——。現れたというよりも、はじめからそこに立っていたものが、認識できるようになったというべきか。

「駅前の書店です」

「御意」

黒服の男の姿は、溶けるようにして、かき消えた。

次なるミッションがはじまった。

ちとせは、ふう、と、ため息をついた。

ちとせの主《あるじ》は燃え上がっている。服を脱いだその肌から、湯気のように立ち上がるものがある。

ちとせは余計なことは考えず、行動するようにした。

すべては、主《あるじ》のために——。

◇

「いらっしゃいませー。……あっ」

店に入って声をかけたタイミングで、女性店員は、入ってきた客がイッセーだとわかったようで——。顔をほころばせた。

「あっ」という声には、喜びの色が含まれていたが、空気を読むのが苦手なイッセーには、そこのところのニュアンスは伝わっていない。

彼女の名前は松浦詩織《まつうらしおり》。姓のほうは名札があるのですぐにわかったが、名前のほうはしばらく不明だった。店内にあったオススメ本のPOPに「詩織のオススメ」とあり、それによって判明した。

「今日も来てくれたんですね」

「うむ」

イッセーはうなずいて肯定した。

聞かれたことに簡潔に答えてから、ちとせの「女心講座」とやらを思い出す。

ちとせ、いわく——。

『会話は簡潔に終わらせてはいけません。用件を伝えるだけのものは会話とは呼びませ

松浦

ん』

その指南に基づいて、まったく意味のないことを、イッセーは言ってみることにした。

「今日はよい天気だな」

「はい！　そうですねー。こんなお天気の日には、お外で本を読みたいですねー。仕事中なので、できませんけど。……あはは」

おお！　まったく意味のないと思われた会話から、なんと、新たな会話が派生した！

イッセーは驚いていた。

ちとせ、おそるべし。

そして彼女の――詩織の笑顔もゲットできた。

好感度が高ければ笑顔となり、好感度がマイナスになれば嫌な顔になる。

現在のこの笑顔によれば――現在の好感度は、かなり高い水準にあるに違いない。

好感度スカウターなるものがあればいいのだが……。

こんど技術部あたりに作らせてみるか。開発費を二〇〇億円ほども積めば作れるのではなかろうか。

ここ数日ほど、イッセーはこの書店に通い詰めていた。

「今日はどんな本をお探しですか？」

「昨日は世界の歩き方を攻めていたからな。今日は手芸か料理の本にしよう」

各コーナーを時計回りに制覇してゆくなら、今日はその順となる。

「本、お好きなんですねー」

「うむ。知識を得るのは好きだな」

「ぴろん♡」という音が聞こえたように思えた。

好感度が上がるタイミングというものを、最近、イッセーは摑めるようになっていた。

菜々子が最近、「ぴろん♡　ぴろん♡　好感度っ♪　好感どーっ♪」とか、調子外れに歌いながら仕事をしている。「ぴろん♡」というのは、そこに出てくる音だ。なにかの効果音なのだという。

イッセーは店内を歩きながら、ちとせから言われたことを思い返していた。

作戦参謀のちとせからは、「本好きは絶対に否定したらダメですからね」と、強く言い含められている。

詩織からは、どうも「本好き」と思われているらしい。

毎日、書店を訪れて、ただ本を選び、十数冊ずつ買って帰るだけ。それで自動的に好感度が上がっていってくれている。

このボーナスタイムが発生する理由は、「本好き」と思われていることにあるらしい。

その進言に従い、イッセーは、馬鹿正直に「いやべつに本は好きではない」などと言わないようにしていた。

言えば、好感度ボーナスタイムが終わってしまうのはわかりきっている。

いつものように本を十数冊ほど選んだ。

選ぶ間にじつは〝読書〟が何十冊も終わってしまっている。買うために選んだ十数冊は、その中でも有益な内容の記された本だ。

レジに持っていって、積み上げると、詩織のメガネの奥で、目が光った気がした。

「いつもながら……、チョイスが……」

「なにか問題があったか？」

「あっ――！　いえ！　違うんです！　これは！　いまのは独りごとで！　ああ――いえっ！　いつも独りごとを言ってる危ない女じゃないですよ！　ただお客さんの選ぶ本が、わたしのお勧めと、いつもかぶるなぁー、って！」

「それはすまなかった」

「いいえ！　ぜんぜん！　そんなことないです！　むしろ素敵っていうか！　本の趣味がこんなに合う人なんて――ああいえっ！　べつにそういう意味じゃなくて！」

〝そういう意味〟っていうのは、どんな意味なのか、まったくわからなかったが……。

「ぴろん♡」は聞こえた。何回も連続して打ち鳴らされていた。

「ごめんなさい。変ですよね。し、仕事しますね……」

それきり、詩織は無口になる。

十数冊の本は、次々とバーコードを読み取られてゆく。

ぴっ、ぴっ、という音だけが、店内に響く。

イッセーの心の耳には、「ぴろん♡」「ぴろん♡」という音のほうも聞こえていたが……。

しかし……。

なんにもしていないのに、なぜ、上がる？

まあいいか。

イッセーの目的はパンツを見ることだ。手段や途中経緯については、委細、気にしない。

「七三二三円です」

「うむ」

〝現金〟で支払う。

一万円札を、ぴっと一枚抜き出したときに――イッセーには思うことがあった。

この現金払いというのは、ちょっと刺激的な感覚だった。

ジュラルミンケース満杯で、一億、二億、という単位でなら〝現金〟を使うこともある。

だが今回のように、一万円札をただ一枚出すとか。あまつさえ〝お釣り〟などをもらうなどというのは――イッセーにとって、生まれてはじめての経験だった。

ちとせが言うには、クレジットカードは使うべきではないのだと。

現金払いが庶民的なのだと。

庶民的なほうが、好感度に繋がるのだと。

「二六七七円のお返しです」

お釣りなるものが、千円札と五百円玉と百円玉と五十円玉と十円玉と五円玉と一円玉になって返ってくる。

くらり、とくる。

なぜこんなに種類が多いのだ。全種類まんべんなく返ってくるとか、これはなにかの罰ゲームだろうか。

恐ろしく非効率なことをやっている気分になる。

「……間違えてました？」

手の中の、千円札と五百円玉と百円玉と五十円玉と十円玉と五円玉と一円玉とを見つめて、途方にくれているイッセーに、詩織が声をかける。

「いや。ぴったりと合っている」

「よかった」

「ぴろん♡」が聞こえた。

わからん。いまなぜ上がったのかわからん。

……まあいい。

本日のノルマは達成した。相当数の「ぴろん♡」を聞いた。

このまま会話を続ければ無限コンボになると思うのだが、ちとせによると、それは悪手であるそうだ。

いつまでも店に居座ってしまうのは、好感度にとっては、マイナス要因であるそうだ。

つかず離れずぐらいがよいらしい。

作戦参謀のアドバイスを信用して、イッセーは引き際をわきまえることにしていた。

「また明日も来る」

「あっ、あのわたし、明日はお休みで……」

「そうか。……では明後日に来よう」

それはイッセーにしてみれば、詩織がいないのであれば来る意味がない、という意味でしかなかったが――。

ぴろん♡　ぴろん♡　ぴろん♡

だからなにが起きているのだ？

連打される音を聞きながら、店を出ようとすると――。

「あっ、あのっ……！」

詩織が必死な声色で呼び止めてきた。

イッセーは足を止めて、話を聞く。

「わたし……、明日はお休みで……」

「それはさっき聞いたな」

「いつもお休みの日は……、と、図書館に行くんですけど……」

図書館か。

公共のために本を収集、陳列し、利用者に閲覧と貸し出しを行う施設だったな。

行ったことはないものの、知識としては知っている。

「あの……、よかったら……、い、一緒に……、行きませんか？　ああちがうんです！

べつにそんな意味じゃなくてっ！」

そんな意味とは、どんな意味だろう？

「あそこの図書館、本の蔵書がすごい充実していて……！　だから、あの……趣味が合うお客さんと一緒に行けたら、すごく、楽しいだろうなーって思って……！」

必死に話し終えたのに、まだ口をぱくぱくとさせている。

「イッセーだ」

「はい？」

眼鏡の下で、目がぱちくりとしている。

「いつまでも〝お客さん〟というのも変だろう」

「そ、そうですね！　じ、じゃあこれから、イッセーさん、って呼んでいいですか！」

「もちろん」

「わたしは詩織です。松浦詩織」

うむ。知っていた。

#03-02. 本屋さんにカミングアウトしてみた

空模様が怪しくなってくる中――。雨が降り出す前に屋敷へと帰り着く。

「帰ったぞ」

「お帰りなさいませ。お坊ちゃま」

両手を体の前に揃えて、メイド姿のちとせが深々とお辞儀する。学校のカバンと、買ってきた本を袋ごとを渡しつつ、ちとせの顔を見るとなぜだか落ちつくな、とイッセーはそんなことを考えていた。

「本日も本屋さんですね。御首尾のほうは、いかがでしたか?」

「うむ。成果は上々だったぞ。ぴろん、も何度も聞こえてきたからな」

「ぴろん?」

「ああ、こちらの話だ」

好感度なるものが上がったときに、「ぴろん♡」という音が聞こえてきているのは、イッセーが修練の果てに辿り着いた境地である。

そう聞こえるように感じる、というだけであり、なにも本当に聞こえているわけではない。

「お食事の用意はすぐに整いますが。先にお食事をされますか。それともご入浴をされますか」

「そうだな……」

「センパイ、そこはもうひとつ足さないとー。〝私になさいますか〟って言わないとだめですよー」

「菜々子！」

菜々子の入れてきた茶々に、ちとせが鋭い声をあげる。

その顔は赤い。

「なんだ？　その――〝私になさいますか？〟というのは？」

「お坊ちゃまは知らなくてよいことでございます」

「ふむ。そうか」

イッセーは鷹揚にうなずいた。

「まずは紅茶をもらおう」

そう言ってソファーにかける。

「はい」

ちとせがそう言って、紅茶の支度に入る。

菜々子がそれを手伝う……というよりは、つきまとって、お茶菓子のおこぼれを狙っている。

「そういえば、明日の予定だが……」

立ち働くメイドたちの背中に向けて、イッセーは声を投げかけた。

「はい」

「すべてキャンセルだ」

「はい」

うなずいたあとで、ちとせは付け加えるように聞いてきた。

「……外相との会合ですが、よろしいので？」

「そんなものよりも重要な用件が入った。明日は、松浦詩織と市立図書館に行く約束だ」

「……は？」

用件を告げると、ちとせは固まっていた。

イッセーはちとせの顔を、不思議そうに見つめた。

「ご主人さま！　デートですね！」

菜々子が騒ぐ。

「デート？」

「ご主人さまー、デートというのはぁ――」

「知っている。だがこれはそういうものではない。彼女と図書館に行く約束を――」

「だからそれがデートなんです！」

ちとせが大声でそう言った。

「余の理解によると、デートとは、男女が二人きりで性的な目的のために、ロマンティックな場所に出かけることを〝デート〟と呼称するはずだが？」

「まんまじゃないですか」

「いや。余はパンツを見たいだけであって、性的な気持ちなど、まったくないぞ」

「……」

ちとせは黙りこんだ。そのちとせの耳元で、菜々子が聞く。

(ご主人さまは、あれって……天然なんですか？)

(わかっていないんですよ。……ちぃっ)

ぎりっと顔を歪め、ちとせはそこで凄絶な舌打ち。

びくぅ、と菜々子が怯える。

「どうした？」

「いえ……、少々驚いていただけです」

「なにを驚く？」

「いろいろなことに。……とりわけ、お坊ちゃまがデートの約束を取り付けてきたことに驚いています」

「当然だろう」

イッセーはふっと鼻息を洩らした。

ＪＫの咲子《にこ》のときには、ちとせからずいぶんとアドバイスを受けたものだった。

今回はイッセーは基本的に自分で攻略を進めている。

ただ本を買ってくるだけで、「ぴろん♡」「ぴろん♡」と好感度アップ音が連打されている。

アドバイスを受ける必要がないというか。挫折がないというか。

「こんどの女はちょろいのですね」

「うむ？」

「いえ。今回はすごいスムーズですね、とそう申しあげました」

イッセーが聞き返すと、ちとせはそう言い直した。

どうもさっきから、ちとせの様子がおかしい。

菜々子に目をやるものの、菜々子の目はワゴンに載ってる紅茶とお茶菓子セットを注視していて、ぜんぜん、こっちを見やしない。

ちとせは大きなため息をひとつついてから、カップに紅茶を注ぎはじめる。

蒸らし時間はきっかり三分間だ。

「お坊ちゃまがフラグをへし折ってこられないので、サポートするこちらとしては楽なのですが……」

「フラグ？　なんだそれは？」

「お坊ちゃまに説明しても、たぶんご理解なされないと思います」

──またそれか。

ちとせはよく、そう言って説明を拒むことがある。

これまでは深く考えず、問い直すこともしなかった。ちとせが言うならそうなのだろうと、それで済ませていた。

「余はその〝フラグ〟とやらを、折っているのか？」

「わざとやっているのではないかと思うときがあります。お金を積み上げてみたり、第一声にパンツを見せろと叫んでみたり」

「ふむ？」

「ご主人さまー、百年の恋も冷めるっていうやつですよー」

スコーンを頬張りながら、菜々子が言う。その頭を、ちとせの手が、べしっとはたく。

メイドのヘッドドレスが落っこちて、菜々子が慌てて拾いにかかる。

「ふむ……」

紅茶を口に含みながら、イッセーは考えた。

──わからない。

最初に目的を伝えることは、こちらの意図を明確にする行為であり、誠実な振る舞いだと思うのだが……。なにがいけないのか。まったく理解できない。

目的を隠して近づくことのほうが、よほど不誠実に思える。

イッセーは紅茶を一口、飲んで──。

「……！」

とんでもないことに――たったいま、気がついた！

「お坊ちゃま？」

物凄い勢いで椅子から立ち上がったイッセーに、ちとせが聞く。

「出かけてくる！」

「えっ？　外は大雨ですよ？」

ちとせは窓の外を見る。夕方から雲行きがおかしかったが、いまはもう、すっかりどしゃ降りとなっている。

「それでは車をご用意――」

「いらん！」

「あっ！　ちょ――！」

ちとせの声を振りきるように、イッセーは部屋を飛び出した。

◇

走った。走った。走った。

大雨の中を、駅前に走った。書店へと、全力で駆けていった。

到着したとき、閉店時間をわずかに過ぎていた。店のシャッターはまだ半分ほど開いていて、店内の灯りが足下だけに洩れ出している。

イッセーはシャッターをくぐって、店内に入った。

「はぁっ……、はぁっ……、はぁっ……」

水を滴らせながら、荒い息をつく。

「ど、どうしたんですか？　お、お客……イッセーさん？」

びしょ濡れで店内に現れたイッセーを、詩織はびっくりした顔で見つめている。

「わ、忘れ物……とか？　……ですか？」

「……」

イッセーはただ詩織を見つめるばかり。

「ああもうそんなびしょ濡れで――、どうしましょう？　どうしましょう？　ああそうだタオルが――、とにかくこれで拭いてください――」

わたわたと慌てる詩織は、自分の私物らしきタオルを出してきて、イッセーの頭からかぶせた。

だがイッセーは構わず、まっすぐに詩織を見つめるばかり。

「おまえに言っておかねばならないことがあった」

「あっ――、は、はい。……な、なんでしょう？」

「余が最近、足繁くこの店に通っていることには――理由がある」

「は、はい」

詩織は話を聞こうとして身構える。

「おまえのパンツが見たかった。それが理由で、この店に通っていた」

「……はい？」

詩織はぽかんと、口を半開きにした。

「最初にそれを言うべきだった。余のミスだ」

イッセーは頭を下げた。生まれてはじめての謝罪だった。

「ええっと……。つまり……。お客さんは、エッチなつもりで、お店に来ていたと……、そういうことですか？」

「いや。そういうつもりはない。ただ余はパンツを――」

「同じでしょう。どこが違うっていうんですか」

詩織の声は冷えきっていた。眼鏡の下の目を嫌悪に染めて、詩織はイッセーを睨むように見ていた。

イッセーは彼女の体から立ち上る陽炎のようなものを見た気がした。

「ええ。はい。……わかりました」

「わかってくれたか」

イッセーは、ほっとした。

目的を隠して近づいたわけではない。目的を言うのを、うっかり忘れていただけなのだ。

十数分前、そのことに気がついた。よって可及的速やかに、伝えにきたのだ。全速力で。

「お話はわかりました。お客さんが、最低な人だったということが、よく、わかりました」

「う、む……」

〝最低〟の言葉を、イッセーは甘んじて受けた。

「お帰りはあちらです」

詩織の目がシャッターに向けられる。

「詩織……」

「名前、呼ばないでもらえますか。あと、もう閉店していますので、帰っていただけますか」

弁解の余地は、もらえないらしい。

「あ、ああ……」

イッセーはうなだれると、店をあとにした。

外に出ると、傘を手にしたちとせが待っていたが、イッセーはその横を通り過ぎた。

傘を受け取らず、雨に打たれながら歩いた。

＃03-03. 本屋さんとデートしてみた

日曜日。朝一〇時五分前――。

イッセーは駅前の時計台の下に立っていた。

駅前を行き交う人々は、年齢層も雰囲気も平日とは異なっていた。

その様子を興味深げに眺めながら、時が過ぎるのを、イッセーはただ待っていた。

この日、このとき、この場所だった。――詩織との待ち合わせは。

無論、あんなことがあったので、彼女が来るとも思えない。好感度は、現在、マイナス一億点のはず。

ちとせも菜々子も、あとＬＩＮＥで咲子《にこ》にも意見を求めたが、三人とも同意見だった。

ちなみに咲子《にこ》のほうは、「詩織ってだれ!?」とか「あのへんなこと誰かにまた言ってるの!?」とか、騒がしかったので、既読スルーにしてある。

イッセー自身の見解としても、「来るはずがない」という結論に至っている。

それでも待ち合わせの場所に立っているのは、約束をしたからだ。

待ち合わせの時間と場所。それを定めた。

その約束自体は、撤回されていない。状況が状況なので、詩織が約束を破ることは仕方がない。だがイッセーの側から破るわけにはいかなかった。

王たるものの言葉に、二言はないのだ。

時計の針が一〇時を指した。

約束は、果たした。

当然だが、詩織は現れなかった。

帰ろうと――。歩きはじめようとしたイッセーの背中に、声がかかった。

「なんで……、いるんですか？」

イッセーは、はっとなって振り返る。

松浦詩織の姿を見て、見間違えじゃないかと、一瞬、馬鹿げた思考が頭をよぎる。

天才であるイッセーは、見間違えなどしない。

「……君こそ、なんでいる？」

「お断りすることを伝えていなかったからです」

冷たい声と顔で、詩織はそう言った。

「約束を私から破るのは気持ち悪いじゃないですか。お客さんがいないことを確認したら、帰るつもりでした」

眼鏡の下から、暗い目で、睨むような視線を向けてくる。

昨夜とまったく同じ目だった。

「それで、これからどうする？」

「図書館に行きます。いつも日曜は図書館に行きますので。……できればついてこないでいただけると助かるのですけど」

「奇遇だな。余も図書館に行く予定だ」

「そうですか。ご勝手に」

詩織はイッセーに背中を向けると歩きはじめた。

イッセーも歩いた。

◇

数メートルほどの距離を保ったまま、同じ道の前後に分かれて、二人はずっと歩き続けた。

その間、なんの会話もない。

そして市立図書館に入った。

「なんでついてくるんですか」

「民俗学の本が、こちらの棚にあるからだ」

「……」

胡散臭い目で睨まれる。

だがイッセーに他意はない。

詩織の勤めている書店で、旅行ガイド、手芸、料理、と各コーナーを制覇してきて、次は民俗学の本の順番だったのだ。

ちとせが配下の黒メガネ部隊に命じて集めてきていた情報によれば、詩織の興味は民俗学だった。昔話とか、そういったものが好きらしい。

べつにそこを狙ったわけではない。

詩織ときっかり二メートルほどの距離を置いて、本を探す。

背表紙のタイトルを一望して、有益そうな本を、数冊、抜き出して中を確認していると——。

「人としては最低ですけど、本の趣味はいいんですよね」

「なにか言ったか？」

「いえ。なにも」

やがて詩織は良い本を見つけたか、一冊、二冊と、シリーズの頭から手に取った。だが三冊目のところで、指先が止まった。

「あ……、三が……」

続きもののシリーズのそこだけが欠けている。

切なそうな、哀しそうな表情が浮かぶ。

ふむ。凡人の心理は大抵わからないイッセーであるが、その感情だけは理解できた。

コンプリートしようと思ったのに、ひとつだけ欠けてしまう。画竜点睛を欠くというやつだ。

「その本の三巻目なら、返却カウンター脇の配架本のラックに置いてあったぞ」

図書館に入ってきたとき、一瞬、視界に入っていた。イッセーは天才であるので、当然、記憶していた。

「えっ？　ほんとですか？」

詩織の顔に一瞬、喜びが溢れる。――だがすぐに気がついて、また難しく不機嫌な顔に戻る。

「でたらめ言ってたら……、怒りますから」

カウンターに行くと、詩織の目当ての本は、たしかにそこにあった。

当然だった。イッセーは天才であるので、記憶違いなど起きない。

「やだ本当にあった……。あ、ごめんなさい。疑って……」

と、謝りかけたところで、詩織は、はっと気がついて、また硬い表情を取り繕った。

「……ですけど。イッセーさんを軽蔑していることには変わりませんから」

昨日の好感度マイナス一億点は、いまだ、挽回しきれていないらしい。

だがとりあえずは、〝お客さん〟から、〝イッセーさん〟に戻った。

〝お客さん〟と呼ばれるのと、〝イッセーさん〟と呼ばれるのとでは、後者のほうがほんのりと嬉しいということに、イッセーは気がついていた。

◇

図書館の閲覧コーナーのテーブルで、向かいに座って本を読んだ。

同じテーブルに座っても、彼女はなにも言ってこなかった。

一冊、数秒で読めてしまえるイッセーは、腰を落ちつけて本を読む必要など、本当はなかったのだが……。彼女に合わせるために、いつもの数十分の一ぐらいの速度で、一文字一文字、字面を確認するように読んだ。こんなにじっくりと本を読むことは、生まれてはじめての経験だった。

それほどまでにゆっくりと読んでも、どっさりと積み上げた十数冊の本を、三十分足らずで交換しに行くことになる。

そんなイッセーを見る詩織の目は、感心から賞賛に変わっていったが――。

そのうちにイッセーは、資料や教養本よりも、文学作品を読むほうが、より速度を落とせるということを発見した。

理由は、文学作品では登場人物の感情に主題があてられることが多いが、その凡人の感情というものが、イッセーにとって未知であり、かつ、理解不能なものだったからだ。

登場人物が悩む場面で、いちいちつっかえるので、読書速度を落とすのにちょうどいい。

「くす……」

本から目を上げれば、向かいに座る詩織が笑っていた。

「……？」

「恋愛小説を、そんなに真面目に読んでいるから……」

「なにか、おかしかったかな？」

詩織が笑っている理由が、まったくわからない。

あと、さっきまでは、虫でも見るような嫌な目つきだったのだが、いまは普通に戻っている。

人の心の変化には、必ず理由があるはずだが……。その理由に、思いあたらない。

なにしろ、つい本の内容に熱中して、詩織のことを忘れてしまっていたくらいだ。

「あ、ごめんなさい。べつに男の人が恋愛小説を読んでいるのがいけないっていうわけではなくて……。〝本に貴賎なし〟っていうのが、私のモットーなんです。ちなみに〝職業に貴賎なし〟っていう、石田梅岩という人の言葉のパクリですけど」

「まったく同感だな。本は、たとえそれがどんなものであれ、そこに書かれた知識は有益なものだ」

「少女小説でも？」

「少女小説でも、だ」

しばらく聞こえてこなかった、「ぴろん♡」という音が、再び聞こえはじめるようになった。

「だけどイッセーさんって、本当に、読むのが速いですね……」

「何十万冊も読んできているからな」

一日に「読書」の時間は四〇〇秒ほど取るようにしている。一冊一〇秒平均として、掛けることの一七年、掛けることの三六五日――。うむ。間違っていないな。

ちなみに〇歳児から行っている。

「〝万〟なんて単位を出してくる人は、だいたい嘘つきだって思ってましたけど。――だけどイッセーさんなら、本当だと思っちゃいます」

詩織はそう言って、微笑んだ。

そして、右を見て、左を見て、他の利用者がこちらを向いていないことを確認してから、身を乗り出してイッセーの耳元に顔を近づけてきて――。

（そのシリーズ……、じつは私も読んでいたんです。あとで感想、聞かせてくださいね……）

なにか秘密でも告白するかのように、詩織は耳打ちしてくるのだった。

◇

閉館時間がやってくる。

チャイムが鳴り始めた。

「あっ――、いっけない！　借りる本、決めないと――！　あっ、あっ――どれにしよ

っ！」

集中していて、時間に気づいていなかった詩織は、慌てている。

「余はこれに決めている」

詩織の一番オススメだという恋愛小説。全一〇巻。

借りることに決めていたので、内容はまだ読んでいない。あらすじによれば、中学生の主人公の少女が、好きになった人が最低だとわかって軽蔑したが、じつはそれは誤解で、いい人だということにあとから気がついて——という内容らしい。

どこかで聞いた覚えがあるのだが、どこでだったのか、思い出せない。

天才であるイッセーが思い出せないということは、かなり珍しい事態である。別の意味でも興味をそそられた。

「いまのは予鈴だ。あと五分ある。焦ることはない」

「そ——、そうですね！」

「深呼吸しろ」

「すーはー、すーはー、ひっひっふー、ひっひっふー」

「それはラマーズ法だ」

「冗談ですよ。ていうかイッセーさん、ほんと、物知りですね。わかっちゃいますか」

「何十万冊も読んできているからな」

出産の心得、という本もあった。ラマーズ法というのは、妊婦が出産するときの呼吸法だ。

「……冗談が言えるようなら大丈夫だな。借りていく本は決まったか？」

「はい。イッセーさんのおかげで落ちつきました。これとこれ、こっちの三冊と、こっちの七冊にします」

残りの本を棚に返すのを手伝い、貸し出しカウンターで手続きを行い、詩織が持ってきていたエコバッグに本を入れて、図書館を出る。

詩織はイッセーの分のエコバッグも用意していた。そのことがすこしイッセーには不思議だった。

今朝、彼女は言っていた。イッセーがいないことを確かめにきたのだと。

ならば、なぜ、イッセーの分のバッグまで持ってきていたのだろうか……？

人の心というものは、本当に、よくわからない。

「はぁ……。本がいっぱい。幸せですねぇー……」

本がぎっしり詰まって、重たいバッグを胸に抱えて、詩織は頬を上気させてそう言った。

「余も、これを読みこなすのは苦労しそうだな。しかしやり甲斐はありそうだ」

「ふふっ。中学生の女の子が主人公ですから、イッセーさんには、ちょっと感情移入が難しいかもですね」

そういう意味ではないのだが。

凡人の思考をトレースすることに、常に苦労するという意味であって――。

だが詩織の笑顔に、それは言わないようにした。

まあたしかに、「中学生の女の子」に対しても、感情移入は難しい。その点については間違いがない。

「はぁ……。今日は本当に幸せです。本がこんなにたくさん。それに……、本の趣味の合う人と一緒で……」

ちら、と、詩織がイッセーを見る。

今朝の不機嫌さからすると、別人といってよいほどの変化だ。

なぜ機嫌が直ったのかまでは、わからない。だが彼女が上機嫌になってくれたのは、よいことだった。

ちら、と、また詩織がイッセーを見る。

ああ。そういうことか。

イッセーは了解した。

「重たいだろう。持とう」

「あっ、いえ……」

彼女の手には重たすぎるバッグを預かった。なにしろ本が十冊ほど入っている。

イッセーは詩織と並んで歩いた。

来たときには前後に数メートルも離れていた。それが帰るときには、横に三十センチの距離だった。

関係は、だいぶ改善されたといってよいだろう。

◇

アパートのドア前に到着する。

「あっ、あの……、お、お茶とか……飲んでいかれます？　ひ、一人暮らしなんで、なんにも物のない部屋ですけど……、よ、よかったら……？」

めっちゃ汗をかいて、やたらと緊張した様子で、詩織が言う。

だがイッセーは軽く手を立てた。

「いや。遠慮しておこう」

「そ、そうですよね……。は、早すぎますよね……」

うむ？　なにが早いというのか。

まあそれはいい。

茶ならば、ちとせの淹れる紅茶のほうが美味いに決まっているので、断っただけだが……。

本日の目的は果たした。

〝目的〟を告白したことで、最悪まで落ちきってしまっていた評価を、挽回することに成功した。おそらく告白前の段階までは戻せたに違いない。

また明日から書店通いを続けられる。

こんどは目的を隠しているわけではない。後ろめたい気持ちを抱えることなく、堂々と、書店に行ける。

「じゃあ、また明日」

「はい。また明日……」

イッセーがアパートの階段を下りきるまで、詩織の部屋のドアは開いていた。

そのドアが、ぱたりと閉まる音を聞いたあとで、イッセーは、ぐっと手を握りこんだ。

「……？」

自分のその仕草に、イッセーは首を傾げた。

いまのはなんだろう？　なぜ、手を握るなどという意味のない動作をしたのだろう？

天才であるイッセーにとって、自覚できない行動というのは、珍しいことだった。

首を傾げながら、イッセーは屋敷への道を歩いた。

#03-04. 本屋さんに通い続けてみた

今日も学校帰りに書店へと向かう。

「いらっしゃいませー。──あっ、イッセーさん」

「ぴろん♡」──と、来店しただけで好感度アップの音が鳴った。

この間の日曜日に図書館で過ごし、誤解が解け──たわりではべつにないのだが。

「パンツを見る」という目的のために近づいていることを詩織に告げ、最悪まで落ちこんだ好感度は取り戻している。

イッセーは笑顔を浮かべて、詩織に話しかけた。

「今日はなにかお勧めの本はあるか？　──あとパンツを見せてくれ」

イッセーの〝目的〟はすでに詩織も了承済みだ。

隠していることがなにもない状態で接するのは、とても朗らかな気分である。

「だ、だからそういうのは──！　ま、まだ早いです！　あと──！　人のいるときには言わないでくださいね！」

「うむ。わかっている」

「絶対ですからね」

「無論。わかっている」

「絶対の絶対に絶対ですからね」

「それでお勧めの本なのだが？」

「あっ——、ごめんなさい！　ええと。こっちの本なんて、どうでしょう？」

カウンターの向こうの棚から、本が出てくる。

詩織の選んできた本は数冊ほど。どれも目新しいテーマのものだった。

「とても興味深いな」

「そ、そうですか！」

正直、数冊ほどでは、イッセーにとっては物足りなくはあったが、詩織の選んでくれた数冊をもらって、店をあとにした。

◇

翌日も、イッセーは書店に通った。

「詩織。パンツを見せてくれ」

「はいはい。またこんどですね」

その翌日も、また書店に通う。

「余はパンツが見たいぞ」

「そういうことばっかり言っていると、おまわりさんに連れていかれちゃいますよ」

そうして、書店に通うのが日常となった。

◇

「なぜおまえがついてくる？」

「イッセーが本屋さんに入りびたっていると、目撃者からの通報がありましてぇー」

斜め後ろをぴったりとついてくる藤野咲子《にこ》に、イッセーは素朴な疑問を問いかけた。

学校を出るところから、咲子《にこ》はずっとついてきている。

「む？　誰に見られた？　――ギャル子たちか」

「本橋《もとはし》と依川《よりかわ》。クラスメートの名前くらい覚えようよ」

「うむ。いま覚えたぞ」

全校生徒の顔と名前を覚えているはずが、なぜだかあの二人だけは記憶に残らない。どうやら脳が拒否しているようである。だがほかでもない咲子《にこ》が言うのであれば、覚えよう。

しかしギャル子は二人いるわけだが、どっちか本橋でどっちか依川だ？

「余が書店に通い詰めているのは事実だが、それがなぜ、おまえがついてくる理由になるのだ？」

「だってイッセーのお気に入りの本屋さんなんでしょ？」

「まあそうなるな」

書店、それ自体ではなく、興味があるのは書店員のほうなのだが——。

彼女が仕切っている関係で、本の品揃えも、なかなかによい。狭い店舗の限られた陳列スペースであるにもかかわらず、可能な最大のバリエーションを揃えている。

「だったら気になるっしょ」

「そういうものか」

この前、パンツを見せてもらってから、咲子《にこ》との距離感は、以前とは違うものになっていた。

よく話しかけられる。よく近くに寄ってくる。ふとしたときに、よく視線が合う。

一度など、「またパンツ見たいと思ってる？」などと聞かれた。

無論、一度パンツを見ているのだから、二度見る必要はない。

なぜそんなことを聞くのか、わけがわからない。

書店についてくるという咲子《にこ》を、べつに追い払う必要もないので、好きにさせていた。

書店の前で、足を止める。

「へー。こんなところに本屋さんあったんだ」

雑居ビルに挟まれて、その入口はたしかに狭い。

「いらっしゃいませー。——あっ」

店に入ってゆくと、詩織はまずイッセーを認めて顔をほころばせたが、続いて入ってきた咲子《にこ》に、その笑顔を固まらせた。

「む？」

「あっ、中は広いんだー。へー。本屋さんってあんまり来たことないけど。本がいっぱいあるんだー」

あたりまえのことを言いつつ、咲子《にこ》は物珍しそうに店内を見て回る。

イッセーはそんな咲子《にこ》と、カウンターの内側にいる詩織とを交互に見比べた。

詩織の体に沿って、陽炎のようなものが立ち上っている。……気がする。

あれは前にも覚えがある。

パンツ目当てで近づいたことを告げたとき――。同じ現象が起こっていた。

なにかまずいことが起ころうとしている。

そして、その原因として考えられるのは――。

「咲子《にこ》。――ハウス」

「はぁ……？」

はしゃぎながら店内を見ていた咲子《にこ》が、きょとんと、イッセーに顔を向けてくる。

「余におなじことを二度言わせるか？　咲子《にこ》。――ハウスだ」

「は、ハウスって……！　ちょっとイッセー！　わたし！　犬じゃない！」

「咲子《にこ》」

イッセーが静かにそう言うと、咲子《にこ》は怯んだ顔になる。

「うう……。バイトあるから、どうせ行かなきゃならないけど……。この扱い……、なんかムカつく……」

途中で二度ほど、恨めしそうに振り返り、咲子《にこ》は店を出ていった。

イッセーは背後を振り返り、詩織の姿を確かめた。

怒りのオーラは半分くらいに激減している。

対処法としては、これで〝正解〟だったようだ。だがまだ半分くらいは残っている。

「あれは単なるクラスメートだ」

「それにしてはずいぶん親しげな感じでしたけど」

「あいつは誰にでもああなのだ。そのせいでクラスの人気者だ」

「名前、呼び捨てされていましたよね」

「そういえば名前で呼ぶな名字で呼べと、うるさく言われ続けていたな」

最近はなぜか言ってこないのだが。

イッセーは、ちら、と詩織を見た。全身から立ち上るオーラは、だいぶ薄れてきている。

だがまだ消失したわけではない。

どうもいま自分は、〝弁解〟なるものをやっているらしい。イッセーにとって人生初の〝弁解〟だった。

イッセーは〝弁解〟の糸口を探した。

「余が書店に通い詰めていることを、どこかから聞きつけてきたようだ。興味本位でつきまとわれて、正直、迷惑していたところだ」

嘘を言わないことを基本戦略として、詩織の怒りが収まりそうな方向を探る。

詩織の怒りがなぜ起きるのか、そこの仕組みがいまひとつわからないので、天才といえども、手探りするしかないのだが……。

「だけどお店としては困りました」

「む？」

いま「ぴろん♡」という音が聞こえた。

どのキーワードが功を奏したのかは、わからないのだが……。

「お客さんになりそうな人を、追い返されてしまいました」

「その分、余が本を買おう。それで問題なかろう」

「はい。ゆっくり選んでいってくださいね」

言われた通りゆっくりと、イッセーは本を選んだ。

◇

学校帰りに書店に立ち寄る日々が続いた。

「いらっしゃいませー」

にこり、と笑顔をもらう。「ぴろん♡」という音もする。

「ああ。パンツを見せてくれ」

「おまわりさん、こっちでーす！」

今日もいつものように軽くいなされる。

イッセーは店の奥の棚に向かった。店内の棚はとっくに全制覇して、そろそろ三周目だが、イッセーがごっそり買っていって空いたそのスペースに、また新しい本が入っている。

タイトルの並びを見ただけで、詩織のチョイスであることは容易に窺える。

一冊、二冊を手に取って、ぱらぱらとページをめくっていると――。

「――落ちついてください！　お客さん！」

詩織の緊迫した声が聞こえてきた。

何事かと思い、通路からひょいと覗いてみると――。

「うるせえ！　いいから早く金を出せ！」

刃物を握っている男がいた。

「お客さん！　そんなことしちゃだめです！　それを収めてください！　お願いします！　落ちついて！」

詩織は必死に説得しようとしている。

あれはどう見ても強盗であって、〝お客さん〟ではないように思うが――。

一瞬、こちらと目が合った詩織は、カウンターの下で、イッセーに手で合図を送ってきた。

察するに、その手の仕草は「隠れていて」――というようなものだったと思う。

だがイッセーはもうすでに移動をはじめていた。

特段、急ぐこともなく、普通の歩幅で、カウンターに向けて歩いてゆく。

「おま――！　なんだおま!?　やんのかおま!!」

「だめ！　イッセーさん、だめです！」

男が叫ぶ。

詩織が止める。――気丈だな。詩織は。

だがしかし、たかだか刃物を向けられた程度のことで、天才であるイッセーが、行動を変える理由もなかった。

「うおらあぁぁ――!!」

男が錯乱して、刃物を振り回しながら飛びかかってきた。

ミリ以下の単位で避《よ》け、男の鳩尾《みぞおち》に一発。同時に刃物を握った手首を摑み、単に握力をもって締め上げた。

からん、と、刃物が床に落ちる音がした。

イッセーがあっけなく取り押さえたときには、店の入口が開かれ、黒服で黒メガネの男女たちとメイドが駆け込んできた。

「遅いぞ」

「申し訳ありません」

黒メガネ部隊が男を引きずって出ていった。乱闘のときに崩れた本を、メイドがささっと直してゆく。

突入から撤収まで、時間にすれば、五秒フラット――。

店内は強盗が現れる前の状態へと戻っていた。

「えっ？　あっ？　――えと？　……いまの人たちは？」

ぽかんと立ったままの詩織が、店の入口のほうとイッセーとを、交互に見比べている。

「強盗未遂だからな。しかるべき筋へと引き渡した」

「え？　あっ……？　け、警察……、とか？」

「まあそんなようなものだな」

「そうですか……」

あまりに急な事態の変化に、詩織はついていけていない。それを狙っての高速撤収であるわけだが。

「あっ――!!　イッセーさん!!　それ!!」

詩織が、突然、叫んだ。

イッセーの顔を見て血相を変えている。

頬に手をやると、血がついた。

ああ。あまりにギリギリで避けすぎて、かすってしまっていたか。

次はせめてミリの単位で避けるようにしよう。

「そんな――怪我して！」

「かすり傷だ」

本当にかすり傷なのだが――。

詩織は錯乱ぎみになっていた。

「手当て――手当てしないと！　き、救急車！　救急車っ！」

「救急車まではいらん。７１１９にかければ、間違いなく、絆創膏を貼っておいてくださいと言われるところだな」

「ば――絆創膏っ！」

詩織の手に捕まって、引っぱっていかれる。

女の手で、たいした力でもないのに、不思議と抗えない強さがあった。

詩織はイッセーをカウンターのところまで連れていったあと、バックヤードに飛びこんで、救急箱を持って飛び出してきた。

「しみるかもしれません」

消毒液を脱脂綿に染みこませ、頬の傷口に押し当ててくる。

椅子に座らされて、イッセーは神妙にしていた。真剣な顔の詩織は、さっきの強盗よりもずっと怖い。

「よかった……、すごく浅い傷でした……」

「だからかすり傷だと言ったろう」

ミリ以下の単位で避けているから、当然、傷の深さもミリ以下だ。

「でも怪我は怪我です！　こんな怪我をして……。わたしなんかを守って……。すいません。すいません。本当にすいません」

なぜ謝る。

そう言おうとして顔を向けたイッセーは、ぽろぽろと涙をこぼす詩織を見た。

「うおっ⁉　な……、なぜ泣く？」

「だって……、だってぇ……」

眼鏡を持ちあげて、ぐしぐしと手の甲でこする。だが涙は次々と出てきて、顎先から滴り落ちる。

「見ての通り余は無事だ。だが余の怪我などは問題ではない。詩織——おまえが無事で本当によかった」

「イッセーさん……」

「おまえは強盗に襲われていたとき、ハンドサインで『隠れていて』と伝えてきていたな。自分の身よりも、余の身を心配していたわけだ」

「そ、そうです！　イッセーさんがわたしなんかのために傷つくなんて——！　そんなの——！」

「それは余も同じなのだ」

イッセーは、言った。

「おなじことを二度言うのは、特別だぞ。――おまえが無事で、本当によかった」

「イッセーさん……」

詩織の涙は止まっていた。

眼鏡の奥でまじまじと見開かれた目が、イッセーの目と重なる。

「ぴろん♡」「ぴろろん♡」「ぴろろろろろん♡」「ぴろろろろろろろろろろん♡」

音が聞こえる。連続して鳴り響く音は、もはやひとつひとつの音が区別できないほど。

イッセーと詩織は、じっと見つめ合った。

イッセーは、ちとせに言われたことを思い出していた。


『女の子は、雰囲気《ムード》が大事なんです』


雰囲気というものは、正直、よくわからないが……。

見つめ合っていて、まばたきさえ邪魔に感じるこの瞬間というのは、最高の状態なのではあるまいか。

よし――。

「詩織……」

「はい……」

——言うぞ。

「余はパンツが見たいぞ」

しばらく——、何秒も経ってから、詩織は——。

「……はい？」

首を傾げると、そう言った。

「はじめに……こそ、言ってはいなかったが、あとから伝えたから、理解していたはずだ。余はパンツを見るために、おまえに近づいたのだと」

「は？　え？　……えっ？　ええっ？」

詩織はまばたきを繰り返している。

イッセーは詩織に迫った。

「さあ、パンツを見せてくれ」

「そ、そう……でしたね。イッセーさんは、エッチなことが目的で、わたしに近づいてきたんでしたね」

「いや、それは誤解だ。パンツが見たい。パンツだけを見たい。エッチというのはよくわからんし、およそ君の考えていることとは違うはずだ」

そしてイッセーは、ひとつ、思いついたことを付け加えた。

「きっと君は〝恋愛〟なるものと誤解しているのだろう。だがそれとは無関係であることを断言しよう。余は純粋にパンツだけを見たいのだ」

恋愛小説なるものを詩織にお勧めされて、たくさん読破した。その経験からきた閃きだった。

「断言……ですか？　恋愛とは無関係？」

「ああ。もちろんだとも。余は本当に純粋な気持ちで、おパンツが見たいのだ」

イッセーは胸を張って、そう言った。

返事は……、ない。

詩織は顔をうつむかせたままでいた。

眼鏡のレンズに光が反射して、その目は見えない。

「……わかりました」

やがて承諾の返事が返ってきた。

イッセーは「おお！」と、拳を握りしめた。

おパンツ。おパンツ。おパンツ。ようやくおパンツが見れるぞ！

位置取りを決める。棚に手をついた詩織の背後に素早く回りこんだ。

デニムのボタンを外す。ジッパーを降ろす音に、イッセーは期待と興奮を禁じ得ない。

鼓動が速くなるのを感じた。

なんと――！　天才であるイッセーが、心臓の動きひとつ、自由にできなくなっていた。

デニムのウエストに手を掛けたところで、詩織は、背後に回ったイッセーを見下ろした。

「本が好きだからといって、まともとは限らないんですね」

いくらなじってくれても構わない。いまはとにかくパンツが見たい。

余はパンツが見たいぞ！

「……見損ないました。……この変態」

デニムがずり下げられる。

現れたおパンツは……、ピンク色だった。

「……私の安いパンツなんか。……見て楽しいんですか」

冷たい声が降ってくる。

イッセーは、気づけば、床に伏せるようなローアングルから見上げていた。

詩織が「安い」と言うそのパンツは、たしかに、ちとせや咲子《にこ》のパンツとは違う質感だった。

だがそれはそれでいい。何度も洗濯を繰り返したパンツには他と違う趣がある。

パンツに貴賎なしである。

「はふぅ……」

イッセーは吐息を洩らした。

満足がいった。完全に満たされた。やはりおパンツは素晴らしい。

「くだらない男」

冷たく冷えきった目線が降り注ぐなか、イッセーは、すっくと立ち上がった。

「詩織」

「名前、呼ばないでもらえますか」

「よいパンツを見せてもらった!!　アディオス!!　それではまた明日!!」

イッセーは意気揚々と店を出ていった。

「また明日……?」

一人残った詩織は、眉間に深い縦皺を刻んでいた。

はっと気づいて、デニムを引き上げる。パンツを隠す。

そして、つぶやきを洩らした。

「……ばか」

NEXT 冥界の王 アヌビス

まず気づいたのは、乾きった風の匂いだった。

イッセーは意識を取り戻すと同時に、目を開けて、起き上がっていた。

砂ばかり続く灰色の世界が、どこまでも広がっていた。

ここはどこだ、とか――。

なぜここに、とか――。

そんな〝あたりまえ〟の思考は、天才であるイッセーの頭には浮かばなかった。

考えても結論に至るだけの情報が、明らかに不足している。よって考えることは無駄である。そして天才は無駄なことはしない。

「おお。目覚めたか」

傍らに人が立っていた。……いや。〝人〟であるのかどうかは、定かではない。

女は古代エジプトの女王のような服装をしていた。だが露出度の面でいえば、アラビア風ベリーダンサーといった趣だ。

「おまえは余になんの用がある？」

イッセーがそう聞くと、女は、切れ長の目をさらに細めた。

「ほう。……面白い人間だな。第一声でそんなことを聞いてきたやつは、ほかにはおらなんだ」

女は愉快そうに笑うと。——言った。

「妾《わらわ》はアヌビス。この冥界の王。——神であるぞ」

「ほう」

ここがどこで、この女が何者なのかが確定した。

なんの用があるのかということについても、手がかりが得られた。

だがイッセーの心を占めるのは、別なことだった。

腰巻きのスリットスカートから、日焼けした太腿が覗いている。

その下に下着はあるのか……？　神とやらは、どんなパンツを穿いている？

「おまえのパンツが見たいぞ」

イッセーは〝神〟に向けて、そう言った。

＃04-01. 大冥界

「さて。今日も片付けちゃいますか」

お坊ちゃまの部屋の前で、ちとせはそう言った。

メイドの仕事は多岐に渡る。

広大な屋敷の掃除、洗濯、食事の支度、来客の対応、電話の応対、お坊ちゃまのスケジュール管理。あと菜々子のミスのリカバリー（毎日なにか、どんがらがっしゃーん、きゃー、とやらかすのだ）。

そして最近のちとせの場合には、先日M＆Aした外食チェーン店の経営問題までのしかかってきている。

それらすべてをちょっぱやで片付けて、ちとせが毎日楽しみにしている「趣味の時間」というものが――。

「もうっ。お坊ちゃまってば。どうして一日でこんなに散らかせるんでしょう。……ふふっ」

イッセーの部屋の片付けである。

まったくもう、毎日、整理整頓しているのに、なぜ、こんなに散らかしてしまうのか――。

天才であるイッセーの弱点のひとつだ。ちとせだけがそれを知る立場にある。

イッセーの部屋の片付けだけは、ほかのどのメイドにもやらせていない。

飲みさしの紅茶のティーカップがテーブルに置かれている。お坊ちゃまのお気に入りのティーカップである。

片付けようと手を伸ばし、把手《とって》に指をかけたところで――。

「え？」

ぱきっ、とカップが割れた。

手の中に残った把手を、ちとせはしばらく見つめていた。

はっ――と、顔を上げて、窓の外を見る。

お坊ちゃまの身に、なにかよくないことが起こっていなければよいのだけど……。

◇

「ふっふっふ……。ここがどこで、おまえは自分がなぜここにいるか、わかるまい。それ以前に、自分が誰であるかも覚えていないのであろう」

目の前の女は、そう言った。

イッセーは、軽く目を閉じた。自身の中の記憶を探る。

わずかな抵抗があったものの、すこし意識を集中させただけで突破することができた。

自分が何者かを、すべて思い出した。

そして、もうひとつ思い出したのは、直前の記憶――。

横断歩道。転がる赤いボール。飛び出す幼女。

迫り来るトラック。

幼女とは距離があった。

いかにイッセーがオリンピック級の身体能力を持つ天才であるとはいえ、距離がありすぎた。間に合うタイミングではなかった。

だがそれは、幼女を助け、自身も無事に済ませるという選択肢の中での話であり――。

単純な慣性の法則だった。

自身の運動エネルギーを幼女に与え、幼女を突き飛ばした後、自身はそこに留まるのであれば、幼女の擦り傷程度の負傷と引き換えに、命を助けることは可能だった。

よって、イッセーはそうした。

天才であるイッセーは、その判断を行うのに、〇・〇〇一秒しか要さなかった。

迫り来るトラックの運転席で、ハンドルを握りしめた運転手の、ひどく驚いた顔が、イッセーの最後に見た光景だった。

イッセーは目を開けると、目の前にいる女性に言った。

「おお。思い出したぞ」

「……は？」

黒髪の女性は、目を大きく開けて、間抜けな顔をした。

〝神〟も驚くことがあるのか。ということは全知全能ではないようだ。

この空も太陽もない不思議な空間で、イッセーはアヌビスという女性と出会った。

彼女は自身を〝神〟と名乗った。

イッセーは天才であるがゆえに固定観念に縛られるということがない。偏見も持たなければ決めつけもしない。必要以上に疑うこともない。

相手が〝神〟を名乗ったのであれば、反証が出ない限りは、その前提で物事を考える。

「おまえ……、生前の記憶を思い出したというのか？」

「ああ。すこし抵抗があったが、余が何者か、すべて思い出したぞ」

「信じられん……、死者はたいてい、自分が何者かも思い出せずに、うろたえておるのが常だというに」

「うむ。凡人ならば、そうだろうな」

「ここはどこ、私はだれ、なんでここにいる。——の豪華三点セットで、皆、ワンパターンに騒ぐのじゃ」

「問題ないな。ここは冥界だとおまえ自身がさっきそう言った。そして余が何者かは思い出した。なぜここにいるのかも——」

「ほう？　自分が死んだことも思い出したのかえ？」

神——アヌビスは、目を細めて、イッセーに聞いた。

「ああ。死んだ理由についても確認した。トラックと正面衝突では、さすがに助かるまい」

「あっさりしておるな」

「事実を認識して現状把握をしただけだが」

この世俗臭のする神は、イッセーが錯乱して騒ぎ立てることを期待しているらしい。

だが正直、期待には応えられそうにない。なぜならイッセーは天才だからだ。

「むー。つまらないぞ。死んだことを受け入れられない死者をからかって、ぷーくすくすと言ってやるのが妾《わらわ》の楽しみなのに。——どうしてくれる？」

「悪趣味だな。それは置いておいて——。アヌビスよ。余はパンツを見たいぞ」

「唐突だな。そういえばさきほどもそんなことを口走っておったな。なんだそれは？　死ぬ前の未練か？」

「未練などない。いいからパンツを見せろ」

「おまえ。神に対して命令するのか」

「む……？」

〝お願い〟というものを、イッセーはその人生において、何度もしていない。

だが「パンツを見せてくれ」という件では、何度か行っていた。

「パンツを見せてくれ」

「同じであろう。要求しているではないか」

「これでも譲歩しているのだ。頼んでみたぞ」

「なぜ妾《わらわ》がおまえにパンツを見せねばならぬのだ」

その問いに、イッセーは、しばし考えた。

「なぜなら。そこにパンツがあるから。……だな」

「わけがわからないぞ。死者は妾《わらわ》の玩具《おもちゃ》なのだ。おまえも、さあ――妾《わらわ》を楽しませろ」

アヌビスはどこからか金の道具を持ち出してきた。

棒の両端に小皿がひとつずつぶら下がっている。天秤という重さを量る道具だった。

「この天秤で、おまえの罪を量ってくれよう」

天秤の片側に、空中から取り出した羽根を一枚載せ――。

そして、またもや空中から、どっくんどっくんと動く、ピンク色の肉塊を取り出した。

「これはおまえの心臓だ。おまえが生前に犯した罪は、この心臓の重さとなる。もしも羽根よりも重ければ、おまえは地獄行きだ」

「ふむ」

「おまえの魂は転生の輪にも乗ることができず、冥界の獣アメミットによって食い荒らされることになろう」

「そうか」

「ふははは！　苦しいぞ！　なにしろ苦しみは永劫に続くのだからな！」

「なるほど」

「はははは！　もっと怖がれ！　恐れおののくがよい！　神ならぬただの人のおまえには！　恐怖することしかできないのだーっ！」

「終わったか？」

イッセーはそう言った。

わりと辛抱強く待っていたほうだと思う。

「なぜおまえは恐れない!?」

「それで余の心臓を量るのだろう？　早く量ればよいのではないか？」

「う、うむ……」

しぶしぶと、アヌビスは心臓を天秤に乗せた。

そして、天秤は――。

羽根の側へと、傾いていった。

「ば、ばかな……!?　おまえが生前に犯した罪は、羽根よりも軽いだと……!?」

アヌビスは目を見開いている。

「そ、そんな人間が……!?　なにも罪を犯していない人間など、いるはずが……!?」

妙なことを言う。

ならばなぜ量るのか。

必ず有罪となるのであれば、そもそも、罪を量る行為が無意味ではないか。

しかし、しょっちゅう驚く神である。

やはり神とやらは、全知全能からはほど遠いようだ。

「用は済んだようだな。それではパンツを見せろ」

「またそこに戻るのか……」

げっそりとした顔で、アヌビスは言う。

ふむ。この反応は斬新かつ新鮮だな。

これまでイッセーがパンツを見せろと言った相手は、たいてい怒りを露わにしてきた。

「おまえ……。変だぞ……」

なにを言う。パンツを見たいと思う気持ちが、変なわけあるまい。

イッセーは今後のプランを立てた。

おそらく現状としては、〝好感度〟は最低といったところだろう。

まずは、好感度稼ぎからだな。

#04-02 集中治療室

日本最大最高の巨大病院、そのＶＩＰ用ＩＣＵ（集中治療室）の室内では、一分間に四十数回のリズムで、電子音が刻《とき》を刻んでいた。

ベッドに横たわる少年の傍らには、二人のメイドの姿があった。

片方は疲れ果てて眠っていて、もう片方は、目をくわっと見開いて少年を注視している。

膝の上に揃えられた手には、ぎゅっと力がこめられていた。それこそ指の関節が白くなるほどに――。

「イッセー！」

ばん――と、扉が開いて、茶髪の女子高生が部屋に飛びこんでくる。

「お静かに。病室ですよ」

メイド――ちとせは、カーテンの内側から出て、入ってきた少女に向かった。

本来であれば面会謝絶であるものの、ちとせの権限によって、入室を許可した相手だった。

「あっ――！　す、すいません！　あ、あのっ――!?」

いきなり年上の見知らぬ女性から咎められて、女子高生は混乱している。

彼女——藤野咲子《にこ》にとっては、ちとせは初対面の相手である。

ちとせのほうは、咲子《にこ》を深く知っている。

以前、イッセーのおパンツ攻略ターゲットとなったので、家庭環境から友人関係に至るまで、かなり詳細なデータを手に入れている。

ちとせにとっては、ぶっちゃけ——他人とは思えないほどに、よく知る相手となっていた。

だが咲子《にこ》のほうは、それを知らない。

ちとせのほうも、そのことを伝えるつもりはない。超法規的手法によって、貴女《あなた》の個人データを丸裸にしました、なんて、言えるわけがない。

「あっ、あの——！　イッセーが……、豪徳寺君が、トラックに撥《は》ねられたってそう聞いて——」

「ええ。重体です」

「……!?」

咲子《にこ》は、絶句する。

青ざめた顔で立ち尽くす咲子《にこ》の、その背中側から——。

「イッセーさんの病室ってここですかぁ——！」

もう一人の来訪者が駆け込んできた。

大学生ぐらいの年齢と思われるその女性は、さすがに女子高生ほどは騒がない。

こちらの女性も、ちとせは知り得ていた。

書店の従業員——松浦詩織だ。

「おぼ——イッセー様は、こちらでお休みになられています」

ちとせは二人にカーテンの奥を示した。

「顔を見られても構いませんが、決して触れたり揺さぶったりはなさらぬよう。——お坊ちゃまは重体で、ここはICUなのですから」

カーテンを引く。

膨大なモニタリング装置に繋がれて、包帯まみれとなった細いからだの少年らしき人物を——咲子《にこ》と詩織の二人は、はじめ、イッセーだと認識できなかった。

包帯に巻かれて小さく見える体で横たわり、意識のない相手が、イッセーなんだ——と、わかったとき、二人の心臓は、どきり、と高鳴った。

詩織はその場にへなへなとしゃがみこみ、咲子《にこ》は、よろめきながらも前に出て、イッセーに手を伸ばす。

その手首を、ちとせは摑んだ。

「お手を触れずにお願いします」

「は、はい……。ご、ごめんなさい……！」

「いえ。ショックなのはわかります。でも最高の医師と、最高の治療を受けています。ですから大丈夫です。きっと」

「は、はい……」

咲子《にこ》は蒼白な顔だが、うなずいて返してきた。

「イッセーさん……、イッセーさんがあぁ……」

しゃがみこんだ詩織は、茫然とした目を遠くに向けている。放心状態だ。

「菜々子。――詩織さんを」

詩織は居眠りをしている菜々子に声をかけた。

「ふぇっ？　……あっ？　……えっ？　えっ？」

目を覚ました菜々子は、右を見て左を見て、そしてベッドのイッセーを見る。

「あっ！　ご主人さま！　ご主人さま！　やです！　死んじゃ――」

疲れ果てるまで心配して、疲れて寝入った菜々子は、起きたらまた心配をはじめた。その菜々子に――。

「菜々子。お客様のお世話をなさい」

「はっ――はいっ！」

立ち直った菜々子が、詩織をソファーへと連れていった。特別仕様の病室なので、調度品も他とはまるで異なっている。

「お坊ちゃまは……、イッセー様は絶対に大丈夫です。必ず助かります」

菜々子を指揮し、支え、イッセーの大事な女性たちにイッセーの危機を伝え、ここに呼び寄せ、そして励ましている。

気丈に振る舞ってはいても、その心の中は不安でいっぱいだった。

イッセーのことは、ほかの誰よりも、一番心配している。

子供の頃からお世話をしている人物なのだ。主人なのだ。

「きっと大丈夫ですから。こんなことでどうにかなるはずがないんです」

いまにも不安で折れそうな心で、ちとせは自分自身に言い聞かせるように、そうつぶやいた。

◇

「メシができたぞ」

エプロンを着け、フライパンとお玉を持った格好で、イッセーは家主を呼びにいった。

家といっても、ここは気象というものが存在しない冥界。床と壁だけがあって、天井のない、開けた空間となっている。

ベッドの上に、ごろりと寝転がったままのポンコツに、イッセーは声をかけた。

「おい。エサだ」

「んー、まだ眠いのじゃー」

ポンコツは、そう返してくる。

「八時間三二分と十三秒、たっぷりと寝ただろう。長時間すぎる睡眠は脳の機能を低下させるぞ」

「妾《わらわ》は神だからー、問題ないのじゃー」

ポンコツは、そんな幼稚な論を述べてくる。反論にさえなっていない。

だいたい、神とかいっても、食って寝て、生理機能は人間と大差ない。ぐーたらぶりと、堕落ぶりも人間と大差ない。

この数日間、生活を共にして、イッセーはそれをよく知ることとなった。

ここ数日、イッセーはアヌビスの身の回りの世話を行っていた。

食事の支度にはじまり、掃除にゴミ出し、ありとあらゆる家事を行った。

屋敷にいたとき、イッセーはその種のことは一切、やらなかった。しかし「できない」のではなく、「やらない」だけだった。

だがこの神は、まるで動こうとしないのだ。〝趣味〟を除いて、自分からは、なにひとつしようとしない。こちらは「やらない」のではなく、「できない」ほうである。

「おい。エサができてるぞ」

「あと五分〜」

「食わんのなら、余がすべて食ってしまうぞ」

「ああ、もう〜、食う。食うのだ〜」

ようやく身を起こす。

さっきまで、しどけなく横たわっていたとき、服の裾がまくれ上がっていた。

もしかしたら、角度によってはパンツが見えたのかもしれない。

だが、そういう偶然であってはならない。あくまで必然として、本人が自分の意思によって見せたものでなくてはならない。

了承なしに、あるいは隙をついて見ることは、違うのだ。

それではただの覗きである。

ただパンツを見れればよいのではない。おパンツを拝みたいのだ。

……自分でもなにを言っているのかよくわからないが。

アヌビスをテーブルにつかせる。

食事を皿に盛ってやって、ナプキンを首から提げてやり、手にフォークとナイフを持たせる。

そしてテーブルの反対側に自分も座る。

「食べさせてほしいのう」

「自分で食べろ。そこまでは面倒見きれん」

「ほれ。あーん……」

アヌビスは目を閉じて、口を開けて……、ずっと待っている。

まったく無視して、イッセーは自分の食事を続けた。

「……恥ずかしがらなくてもよいのじゃぞ?」

薄目を開けて、そんなことを言う。

「恥ずかしがってはいない。呆れているだけだ」

「おまえは〝好感度〟なるものを上げようと思っておるのだろ？　妾《わらわ》に対して、あーん、と、恋人イチャラブプレイを行えば、好感度がダダ上がりとなることは確実じゃ」

「そういうものか」

「うむ。そういうものじゃ」

イッセーは、渋々、嫌々ながら、フォークで突き刺したソーセージを、アヌビスの顔の前に突き出した。

最後の二、三センチばかりは、自分で動いてきて、アヌビスはソーセージを口に入れた。

「美味い」

「こんなもの。誰が調理しても一緒だ」

「いや。冥界の囚人たちより、おまえのする料理は、まったく美味い」

「天才だからな」

料理など、したことはなかったが、この数日の施行において、たしかに極めた感はある。

「ただ焼いているだけなのに、なぜ味が違うのだ？　……おまえの料理を、妾《わらわ》はずっと食っていたいぞ」

「そうか」

む？　いま「ぴろりん♡」と、音が鳴ったぞ？

どこで鳴った？　アヌビスからではなくて、もっと近くから鳴ったようだが……？

音の出所を突き止めるのを諦めたイッセーは、自分の皿のソーセージにフォークをぶっ刺して、口に運んだ。

しかしこの冥界……。ところどころ現世臭いところがある。

このソーセージだってそうだ。

現世の食材が、なぜあるのか？

アヌビスの私物で、ポータブルオーディオプレイヤーなんかが無造作に転がされていたりする。「ＭＡＤＥ　ＩＮ　ＪＡＰＡＮ」と書いてあったりする。アヌビ人はそれでジャズなんかを聴いている。

「ところでアヌビスよ」

「なんじゃ」

「世話をしろというおまえの要求を、聞いてやったぞ。――そろそろこちらの要求も叶える頃合いではないか？　等価交換だ」

「ふっ。妾《わらわ》のは命令じゃ。聞かねば、アメミットに貪り食わせるだけのことよ」

「ではそうすればよいのではないか？」

最初の段階でアメミットとやらに食わせなかった以上、それができない、なんらかの事情あるいは都合が、向こうにあるに違いない。

「ぐうう……。貴様、神と取引とは、いったい何様のつもりだ？」

「しらん。神であろうと、なんだろうと、取引は取引、契約は契約だ。それを破るというのであれば、神とやらは、所詮、その程度の存在だったということだ」

「だから契約などした覚えはないというに……」

アヌビスは困った顔をしている。

言うべきことをすべて言い終えたイッセーが無言で食事を続けていると、ちら、ちら、と、こちらを窺《うかが》ってくる。

「き……、貴様の望みとは、なんなのじゃ？　叶えるという約束はせんが、いちおう、参考のために聞いておいてやろう」

「おまえには記憶力というものがないのか？」

やや呆れて、イッセーは言った。

最初に伝えていたはずだが……？

「そ、そうだな……。仮に貴様が、この冥界で永遠の生を得たいと願うのであれば、特別に、妾《わらわ》の世話役として使ってやってもよいぞ。本当はいけないのだが、特別、特別なのじゃぞ……？」

ちらっ。

「もしおまえがどうしてもと言うのであれば……」

ちらっ。

なにかを期待するような、この目線が、なんだかウザい。

菜々子が「ご主人たまー！　これ食べていいですかー！」と言うときに通じるものがある。

「いや。結構」

引きこもりニートの世話をして、エサを食わせてやる役割からは、可及的かつ速やかに解放されたい。

いまは仕方なく〝好感度〟のためにやっているだけであり……。

「永遠の生はいらんのか？　エジプトの王族どもは、こぞってそれを願ってきたものじゃが？」

「余をそんな俗物どもと一緒にするな」

「ではなにが望みだ？　人なりし身でありながら天才に生まれた者よ？　其方《そなた》は、いったい、神になにを望む？」

だから以前、二度も言ったのだが……。

神とやらも、記憶力はないのだな。凡人並みだな。

そう判断して、イッセーはもう一度望みを口にすることにした。

「パンツを見せろ」

「……は？」

「だからパンツを見せろ」

「……は？」

この手のリアクションには、イッセーは慣れていた。

天才であるイッセーがなにか口を開くと、凡人はこの手のリアクションをよく返す。

神が凡人の側に含まれるというのが、すこし意外だったが、いつもの辛抱強さで、凡人の脳が追いついてくるのをじっと待つ。

「おパンツだ」

「おまえの言う……、ぱんつというのは……、つまり、下着のことかえ？」

「うむ。そのおパンツだ」

「……」

アヌビスはようやく理解した顔になった。

「出会ったときにも、最初に、おなじことを言ったろう」

「あれは死ぬ前の未練によって混乱していたのではなく……？」

「ああ。余は本気だ」

言いきると、アヌビスの視線は、じっとりと湿度の高いものに変わった。

疑うような目つきをイッセーに向けてくる。

天才の脳裏に、ふと、閃くものがあった。

――待て？　そもそもこいつは、パンツを穿いているのか？

「待て。その前に、まず、確認しておくことがある」

「な、なんじゃ……？」

「おまえはそもそも、パンツを穿いているのか？」

「……は？」

「神というものが、もしノーパンツな存在であるなら、パンツを見ることはできないことになる」

いちいち説明するまでもない自明の事実を、イッセーは説明してやった。

凡人ならぬ凡神に対して、どこまでも説明してやった。

「……は？」

「どうなのだ？　おまえはその下に、パンツを穿いているのか？　いないのか？　まずそこを聞いておかない限りは、すべてがまったく無為に終わるぞ」

「な……!?」

「どうなのだ？」

食卓のテーブルに、ずいっと身を乗り出して——イッセーは迫った。

「……そ!?　そんなことを話す必要がどこにある!?」

「そうでなければ契約が成立せん」

「な、なんの契約なのだ！　そもそも貴様！　人間の分際で!!　神に対して契約を迫ろうとは……！　身の程を知れ！」

アヌビスは席を立って、憤然と歩いていこうとした。

その背中に、イッセーは声をかける。

「おい。料理がまだ残っているぞ」

アヌビスはダッシュで戻ってくると、席についた。

イッセーは笑いながら、憤然かつ黙々と食べているアヌビスの皿に、自分の皿からソーセージを一本、移してやった。

ばくばく食ってるアヌビスを見守りつつ――。

ふと、いつも自分の世話をしてくれるちとせなども、こういう気持ちだったのだろうかと――イッセーはそう思った。

#04-03 冥界生活

「おい。駄神。夕飯はなにがいいのかを言っておけ」

作業場にアヌビスの姿を見つけると、イッセーはそう声をかけた。

冥界では、空はおかしな模様が渦巻いているばかりで、いまが何時なのかはまったく見当がつかない。

腹が減ったときが飯時であり、眠くなったら夜であり、起きたときが朝なのである。

そんなアヌビスの怠惰な生活サイクルに合わせて生活を続けていた。

天才であるイッセーには、体内時計を調節することなど造作もない。現世にいたときにも、世界各地を飛び回っていたが、時差ボケで悩まされたことは一度もない。

「おい。聞こえないのか。駄神」

「……」

つーん、と、アヌビスは顔を背けている。

手にした棒で、ぐっちゃぐっちゃと何かを引っかき回している。

「……いま、駄神とゆったであろ」

「ああそれは駄目な神という意味で――」

「説明しろなどと、ゆうてないわ！」

「そうか」

「妾《わらわ》は怒ったのだ。絶交だ。おまえとはもう口を利かん」

「そうか」

「……」

アヌビスはそれきり口を閉ざしてしまった。〝絶交〟とやらを実行中らしい。

「その絶交とやらは、いつまで続くんだ？」

「……」

アヌビスは口を閉ざしたままで、返事をしない。

イッセーはため息をついた。

ふと、アヌビスのやっている〝作業〟を見る。

さっきからアヌビスは、金属の棒を手にして作業をしている。

死者の亡骸を相手に作業をしている。

ここは冥界であり、アヌビスは冥界の神なのだから、亡骸があるのも、それを相手に作業をしているのもいいとして――。しかし、なにをやっているのか？

鉤爪《かぎづめ》のついた棒を鼻から突っこんで、ぐっちゃぐっちゃとかき回しているように見えるのだが……。

遊んでいるのでなければ、なにか意味があるのだろうか？

「それはなにをしているのだ？」

「ほほう！　興味があるか！　これはミイラ作りの作業の初期段階で——」

「もう〝絶交〟はいいのか？」

「…………」

指摘をしたら、アヌビスはまた黙りこんでしまった。

「ミイラ作りと言ったな。趣味でやっているようにしか見えんが、それがおまえの仕事なのか？」

「趣味であり、妾《わらわ》の仕事でもある。妾《わらわ》の手によりミイラにされるのは、大変、栄誉なことなのだぞ」

「かつてオシリス神のミイラを作ったと——と、物の本には書いてあったな」

「そう！　そうなのだ！　あれはまさに芸術的な出来で——そう！　ミイラとはつまり芸術なのだ！」

「それでジャズか？」

イッセーはアヌビスの隣に並んで座ると、片耳からイヤフォンを抜いて、自分の耳に挿した。

なぜ「ＭＡＤＥ　ＩＮ　ＪＡＰＡＮ」のポータブルプレーヤーがあるのかは、いまは問うまい。

イヤフォンからは、ジャズが流れてくる。

コードの長さの関係上、体をくっつけなければならなかったが――。

「なっ……、なっ……、なっ……!?」

「いい曲だな」

「そ、そうか……?　の、脳味噌をかき出すときには、このリズムがよいのだ……」

ジャズのリズムに合わせながら、アヌビスは棒をかき回した。

時折、触れてくるほっぺたが、すこし熱かった。

◇

「お、お邪魔しまーす……?」

頭の先端から、病室にそーっと入っていきながら、咲子《にこ》はまず確認から行った。

右見て左見てもう一度右を見る。

よし。誰もいない。

「もうイッセーってば、いつまで寝てるんだかー」

寝たままのイッセーに話しかけつつ、椅子を引き出してそこに座る。

ＩＣＵから一般病棟に移されたイッセーは、だいぶ普通で穏やかに見える。点滴の管と心拍数のモニターのコードが一本ずつあるきりだ。

「これ今日のぶんのプリントね」

咲子《にこ》はプリントを出す。サイドテーブルに置く。

リンゴと果物ナイフを取り出す。しょりしょりと剝きはじめる。

「ほらー、ウサギさんだよー」

イッセーの口許に持ってゆくが、意識のないイッセーは、当然、口を開かない。

咲子《にこ》はウサギさんに剝いたリンゴを、すべて自分で食べた。

「ほらー、起きないとー、イタズラしちゃうぞー♡」

イッセーのほっぺを、指先でつんつんする。

ほっぺたをへこまされても、意識のないイッセーは、抗議の声ひとつあげない。

じわぁ、と、咲子《にこ》の目に涙が浮かぶ。

指先で涙を拭って、咲子《にこ》が元気な顔を見せようとしたとき――。

「お、おじゃましま～す……？」

部屋のドアが薄く開いて、頭だけが現れて……。

右を見て、左を見て、また右を見て、そして前を見て――咲子《にこ》と目が合った。

「あ……」

松浦詩織さん。

咲子《にこ》とはもうすっかり顔見知りだ。イッセーのよく通う書店の従業員だ。咲子《にこ》と同様、
暇をみては、こうしてイッセーのもとに通っている。

「あの……、ど、どうぞ……」

「は、はい……」

おたがいに神妙な顔になりながら、咲子《にこ》は部屋に招いた。

考えることは同じだなぁ。

◇

「のう～、か～ま～え～、かーまーえー！」

「絶交はどうした」

くっついて回るアヌビスに言いながら、イッセーは現場を歩き回っていた。

「そこ！　設計と違うぞ！」

巨石を運ぶ亡者の一団に図面を提示して、間違いを正す。

イッセーは天才であるので図面など暗記できてしまえるが、相手に見せるためには、やはり図面が必要だ。

「あと現場ではヘルメットをかぶれ」

「かぶっておるじゃろ」

「それはヘルメットなのか？」

犬の耳のついた装飾品は、コスプレグッズだと思っていたのだが……。

亡者を率いて、イッセーはモニュメントの建設を進めていた。

ここ冥界では、大勢の亡者が列を作っている。

冥界という場所は、食事も休息も不要な場所らしい（その割には、この駄神は一二時間きっちりと惰眠を貪るわ、三度三度、ばくばくと駄馬のように食べているが）。

ただぼんやりと突っ立っているだけの亡者たちは、見ようによっては、大量の人的資源である。遊ばせておくのは勿体ない。よって徴用することにした。

「亡者どもを使って、いったいなにをしようとしているのだ？」

「おまえが褒めよ称えよとうるさいからだろう」

駄神が感動で打ち震えるような荘厳なモニュメントを建設中だ。

かつて地上にあったどのような建造物よりも素晴らしいものとなるだろう。

「古来より、神々は箱物を喜んでいたはずだ」

「む？　そういえば、ちょっと前に、エジプトでいろいろと作っておったな」

数千年が〝ちょっと前〟になってしまう。神々の時間感覚は天才にとっても理解の外であった。

「オシリスやイシスやホルスばかり神殿が作られて、ずるいのじゃ。妾《わらわ》はマイナーなのか？　人は誰しも最後には死に、妾《わらわ》の腕に抱かれるというに」

「だからおまえのを作ってやろうとしている」

「おまえからのプレゼント、というわけじゃな。……楽しみに待っておるぞ」

アヌビスは笑顔を浮かべる。

何千年生きているのかわからないが、アヌビスは、見た目的にはイッセーとそう年齢も変わらない若い娘だ。

年相応の笑顔——と呼べる表情が浮かぶ。

「それはそうと。イッセーよ。——返してもらおう」

「なにをだ？」

「しらばっくれても無駄じゃぞ。おまえが持ち出したのはわかっておるのじゃ」

「だから、なにをだ？」

まるでわからなくて、そう聞き返す。

「妾《わらわ》の神具じゃ。天秤じゃ。おおかた、神具がうらやましくなったのじゃろう。だがあれは人間が手にしてもなんの意味もないぞ。——さあ。返すのじゃ。いまなら妾《わらわ》も怒らずに、許してやってもよいぞ」

「しらん」

「……ふふふ。しらばっくれおって。そうだな。あの甘い菓子を作ってもらおう。スコーンとかいうやつだ」

「だから、しらん」

「まだ言い逃れを——」

「本当にしらんのだが」

突きつけてくる人差し指を、ぎゅっと握って、イッセーはそう言った。

「……」

「……」

二人、見つめ合う。

やがて、アヌビスはガタガタと震えはじめた。

「で、で、で——、ではっ——！　て、天秤はどこに……!?」

「しらんな」

「お、おまえが持っているのでなければ、ど、どこにあるというのだ！　こ——困るぞっ!?」

「落ちつけ」

小刻みに震える肩を、ぎゅっと抱いてやる。

「落とし物をしたときには、最後に、どこまでは覚えがあるのか、それを確認するのが鉄則だ」

イッセー自身は、天才であるが故に、落とし物と忘れ物をしたことは一度もない。

本屋通いで乱読した本から得た知識だ。

「今日は？　天秤は？」

「ええと……、今日は……」

まだパニックから抜けきっていないアヌビスは、なかなか思い出せずにいる。

イッセーは助け船を出した。

「朝にはあったのか？」

「そう。朝だ。おまえがあまりに神に対して不遜なのでな。妾《わらわ》が死者を裁くところを見せてやろうと、天秤を持って、外に出て……」

「それから？」

「それから……、いつものように、〝穴〟に寄ったのだ」

「穴？」

「下界を見ることのできる穴じゃ。おまえらの世界は、見ていて飽きんな。ころころとすぐに変わりよる」

ふむ。そんな場所があるのか。

てゆうか。なぜまっすぐに来ない？

「おお。そうじゃ。最近下界では、冥界の王である妾《わらわ》を祭る宗教ができておってな。なかなか感心な者たちじゃ」

「それはどうでもいい。……で？　その穴とやらを立ち去るとき、天秤はまだ持っていたんだな？」

「……」

嫌な感じの沈黙があった。

「……おい、どうなんだ？」

「持っておったような……。持っておらなんだような……」

「どっちなんだ？」

「……持っていなかったよーな。……気がする」

「確定だな」

イッセーはうなずいた。

「おまえは天秤をその穴に落としたのだ」

「なんと……」

アヌビスはまたショックに陥っている。

ストレス耐性の低いやつだ。

「落ちつけ。場所がわかれば簡単な話だ。取りに行けばいい」

「行けんのだ！」

「なぜだ？」

「神々のルールじゃ。……神が地上に安易に降りることは禁じられておる」

アヌビスは、手を唇に当てて、しばし考えていたが——。

「こうなったからには仕方ない。おまえに行ってきてもらうぞ」

「なぜだ？」

「死んだ魂を戻すほうが、神が直接降りるよりも影響が少ないからの。あとおまえの場合には、死んだというよりも——おっと、その先はヒミツじゃ」

イッセーは、眉根を揉みほぐした。

客観的に見て、すべてアヌビスのミスなのだが。なぜ自分がリカバリーする話になっているのか。

「案ずるな。〝穴〟から覗いてサポートはしてやる。声も届くぞ」

「了承したつもりはないのだが」

「おまえに拒否権などないのだ。妾《わらわ》の命令じゃ！　天秤を取ってまいれ！」

「はぁ……」

イッセーは、大きなため息をついた。

「ほかに、言うべきことはないのか？」

「助けてたもれ！　おまえだけが頼りなのじゃ！」

頼まれたなら、仕方がない。イッセーは引き受けることにした。

＃04-04　よみがえり

しょりしょりしょり、と、詩織さんがリンゴを剝いている。

速い。そして上手い。

ウサギさんにするのも、自分より圧倒的に要領がいい。

「リンゴって、皮まで食べたほうが栄養があるんですよね」

しかも栄養面まで考えている。

リンゴを剝くのは、自分がさっきやりました。――とは言えず、咲子《にこ》は詩織と向かい合って座って、一編隊分、八匹のウサギさんができあがるのを待っていた。

「イッセーさん。リンゴ、剝けましたよ……」

眠ったままのイッセーを、詩織は見つめる。その優しいまなざしに、咲子《にこ》はどきりとした。

「起きないと、イタズラしちゃいますよ……？」

イッセーのほっぺたを、つん、つん、とつつく。

それさっき自分もやった。

イッセーは当然、目を覚ますことはなく――。

部屋には、静かにリズムを刻む心電計の音だけが響いている。

その規則正しかったリズムが、不意に乱れた。

咲子《にこ》は、はっと――イッセーの顔を見た。

その顔に血の気が戻ってきている。

……!?

「お坊ちゃま!?」

「ごしゅじんさまー!」

どたどたと、メイド二名が、部屋の中に走りこんできた。

これまでいつも顔を合わさなかったのだが……。席を外してくれていただけのようだ。

一週間以上も寝たきりだったイッセーの体が、がばり、と起き上がる。

その目に光が宿っているのを見て、咲子《にこ》は両手で口許を押さえた。

うそだと思った。イッセーの意識が戻ってくれればいいと、何度、祈ったことか。

「天秤はどこだ!?」

イッセーは、開口一番、そう叫んだ。

「菜々子! 先生を呼んできなさい! お坊ちゃまは意識が混乱しています!」

「ばかもの! 天才が混乱などするか!」

「菜々子! 先生を!」

「おい菜々子！　外出する！　服と靴を持て！」

先輩メイドと主人との板挟みにあって、後輩メイドはおろおろとしている。

「菜々子！」

「菜々子！」

「ひ——ひゃいっ！」

そして後輩メイド——菜々子は、服と靴を用意した。

服を着て、立ち上がりかけたイッセーは、ふらりとよろけた。

メイドが手を貸す。

「お坊ちゃま。無理はされないでください。一週間以上も絶対安静だったのですから……」

「そうもいかん。やるべきことがある」

だが男の体を、女の手だけでは支えきれない。

「——藤野様、松浦様、もうしわけありませんが、お手を貸していただけますか？」

咲子《にこ》にも詩織にも、異存などなかった。

◇

「天秤、ですか？」

「そうだ天秤だ」

黒塗りのリムジンで屋敷に向かう。

その車の車内で、オウム返しに聞き返してくるちとせに、イッセーは辛抱強く、繰り返していた。

天才たるもの。凡人の思考の遅さには慣れている。慣れざるを得ない。

「冥界で出会った神を名乗るアヌビスという者がな。神具である天秤とやらを、この下界に落としたのだ。余はそれを回収するために、仮初めの命を与えられた。――刻限は明日の夜明けまでだ」

夜明け、というタイムリミットを告げられ、女性陣一同の間に、緊張が走る。

「アヌビスというのは――。古代エジプトで、たしかに神の一柱ですけど……」

と、言葉を挟んできたのは、詩織である。

「……だけどそのくらいの知識、イッセーさんも、当然、持ってますよね？」

つまりすべては昏睡状態にあったイッセーの頭の中だけで起きていた出来事ではないのか。――と、詩織は遠回しにそう言っている。

「真偽を検討することに意味などないな」

イッセーは言った。天才であるがゆえに、その可能性は、当然、想定済みである。

「刻限まで全力で努力したとして、仮にすべてが余の妄想だったときに、失うものは努力だけだ」

「お坊ちゃまの健康が失われます」

ちとせはにべもない。

「絶対安静で一週間以上も寝たきりだったんですよ」

「私も……、イッセーさんには安静にしていて欲しいです。せっかく意識が戻ったんですから。また倒れられたりしたら……、いやです」

ちとせと詩織の目は、お菓子をぱくぱく食べて幸せな顔の菜々子を素通りして、咲子《にこ》に向けられる。

「えっ？　えっえっ？」

同調圧力が、もんのすっごい。

味方しろ、という、無言のゴツイ圧力を受けて、咲子《にこ》は目を白黒させていた。

「冥界での出来事が、仮に夢だろうと幻だろうと、余の行動はなにも変わらん」

「ほ、ほらイッセーも……、こう言ってることだし……」

咲子《にこ》は言った。ちとせと詩織に、ぎろりと睨まれて、首をすくめるが――。

「余は約束をしたのだ。〝天秤を取り戻してきてやる〟と。たとえ夢であろうと、約束を違《たが》えるわけにはいかん」

イッセーらしいなぁ。

――と、咲子《にこ》は思った。イッセーって、こういうバカなところあるよね。

「あははは。……ほらイッセーってバカだから」

「なにを言う？　余は天才だぞ？」

「はぁ……」

ちとせがため息をついた。しぶしぶといった顔で、不承不承、同意の顔を向ける。

「ちょっと待て。なぜそこに同意する？」

「イッセーさんですからね。……仕方ないですね」

詩織もうなずいた。

「だからなぜそこで同意する？」

「……それでお坊ちゃま？　手がかりもなしに、下界に落ちた天秤とやらを探すおつもりではありませんよね？」

「待て。余がバカだという話は終わっていないぞ。余は――」

「――いまは天秤の話です」

ちとせの迫力により、イッセーは黙らされた。

「……アヌビスの話では、自分を褒め称える宗教を覗いていたときに落とした可能性が大だそうだ」

「冥界の王、アヌビスですか？」

「そうだ。それを祭る宗教がないか、至急、調べろ。新しいものだそうだから、新興宗教を重点的に調べろ」

「了解しました」

ちとせがドアの内側をノックすると、ぱかっと開いてコンソールが現れる。

ヘッドセットで豪徳寺財閥情報部に指示を出し、自分でも豪徳寺家専用情報端末で調べはじめる。

ほどなくして、自身および配下から集まってきた情報を総合して、ちとせは報告をまとめ上げた。

「アヌビスを崇める宗教は全世界において該当一件。日本、そして愛知県。その山中に総本山を置く〝滅びの刻〟という新興宗教団体ですね」

「ぶ……、物騒な名前……、だね……」

咲子《にこ》が言う。

「強硬な勧誘。誘拐同然の研修会への連行。信者となった者の未帰還者、行方不明者多数。公安の観察対象にもなっています」

「ほ……、本当に物騒……、なんですね……」

詩織が言う。なぜか顔が半笑いになっている。人は対処できない現実に直面したとき、思わず笑ってしまうという。その心理だ。

「行方不明となった者たちは、教団の手によって、ミイラにされているという噂も……」

「ひいっ……」

「そういえばアヌビスの趣味は、ミイラ作りだったな」

「ひいっ……」

詩織がいちいち悲鳴をあげる。

「しかし、愛知か……。このまま車で行くには、やや遠いな」

「心配いりません。〝足〟を用意しておりますので――」

ちとせがそう言い終わるか、終わらないかといったあたりで、バラバラバラ――と、後方上空から音が響いてきた。


車は高速道路上を走行している。その車を追い抜く形で、大型ヘリが前に出てゆく。ヘリは車と同じ速度で飛行しながら、後部のハッチを開いた。

リムジンは後部ハッチからヘリの内部へと滑りこんだ。

アームが伸びてきてリムジンは固定される。ハッチが閉じる。

ヘリの内部の照明が点灯して、ドアが開いた。

「なっ、なっ、なっ……、なにが起きてるのー！」

「いっ、いっ、イッセーだからーっ！」

詩織は咲子《にこ》と二人で抱き合って震えていた。

メイドたちとイッセーは、何事もなかったかのように車を降りた。

「そろそろeVTOL《空飛ぶ車》でも導入せんか？」

「開発部に伝えておきます」

詩織と咲子《にこ》が、二人で抱き合っていると――。

「いつまで車に乗ってる」

「ヘリに乗るのって……、はじめてで……！」

ヘッドセットのようなものを投げ渡される。それをかぶると、会話がしやすくなった。

「現地まで何分だ？」

「日暮れ過ぎには到着します」

メイドさんは、驚いたことに、ヘリの操縦桿を握っていた。

◇

着陸地点をライトで照らし出す。

山奥に突如として平地が開けていた。教団本部の駐車場と覚しき場所に、ヘリは着陸を強行した。

騒音と暴風に、建物から大勢が飛びだしてくる。揃いの白い服を着た連中だ。

投光器で膨大な光量を投げつけながら、イッセーは拡声器を持ち、マイクを手に、その連中に向けて声を投げつけた。

『あー、あー、あー……。テス、テス、テス……。おまえたちの企みはすべて見抜いているぞ。悪行はすべて調べがついている。だが大人しく〝神器〟を渡せば、引き上げてやってもよい。さあ――〝天秤〟を渡せ！』

イッセーがそこまで叫んだとき。

銃声が響き、投光器のひとつが割れて砕けた。

「お坊ちゃま！　銃撃です！　お下がりください――――！」

メイドの手がイッセーの襟首を引っ掴んで、物陰に引っぱりこむ。

「なんで日本で銃撃戦になるんですかーっ！」

「い、イッセーのばかーっ！」

詩織と咲子《にこ》の二人は、頭を抱えて叫んでいる。

その二人のところに菜々子が回っていき、黒光りする物体を手渡してきた。

「はーい！　これー、念のため持っておいてくださいねー！」

「じゅ――――!?」

「銃うう――――っ!?」

女の手にはだいぶ大きいハンドガンを、握り方もわからず両手で持って、二人は叫んだ。

「本物じゃないですよー。ゴム弾ですよー」

菜々子がスカートをまくる。白い太腿の途中に同じ銃がくくられている。

ちとせのほうはメイド服の上からショルダーホルスターを肩掛けにしたところだ。胸元をぎゅっと絞りあげるホルスターには、銃ばかりでなく、日本刀の鞘まで吊られていた。

「お坊ちゃま。あれで交渉のおつもりですか？」

「む？　どこがまずかったか？」

「後ろ暗い連中に、あれではまったく逆効果でしょう」

ちとせは対物ライフルを持ち出していた。がしゃこーん、と、ボルトを操作して弾を薬室に装填する。

ゴム弾……！　ゴム弾だよねーっ!?

——と、咲子《にこ》は詩織と抱き合って震えながら、そう祈っていた。

「いきなり撃ってくるような連中だぞ。交渉の余地があるとも思えんな。——ところでひとつわかったぞ。天秤は、やはりここにある。その名を出したところで撃ってきた」

「ご自身を標的にして確認されるのはいかがなものかと思います」

「交渉と確認、その手間と、こちらの良心の折り合いをつける段取りを省いただけだ。攻撃してくる者に容赦をするほど、余は寛容ではないぞ」

イッセーは、にやりと笑った。

「左右と背後の森に特殊部隊を潜ませてあります。お坊ちゃまの合図があれば、強襲させられますが」

「いや。うちの者の人的損失を出す危険を冒す必要もないな。——そろそろ〝あいつ〟にも働かせよう」

「……あいつ？」

ちとせがイッセーを見る。

菜々子も、きょとんと、イッセーを見やる。

咲子《にこ》と詩織は、がくぶると震えながらイッセーを見つめた。

イッセーは顔を真上に向けると、暗い夜空に向けて声を放った。

「――おい！　聞こえているな！　貴様もすこしは働いたらどうだ！　貴様を崇める信者どもの始末を、余につけさせるつもりか！　神として恥を知れ！」

咲子《にこ》は詩織と抱き合って、空に向けて叫ぶイッセーを見ていた。

道中、冥界から生還したという話を聞かされた。

到底、信じられない内容だったが……。その話の通りに、〝教団〟は存在して、神具の〝天秤〟とやらも、ここにあるっぽい……。

とすると、冥界のアヌビス神というのも――。

それがもし〝本当〟だったとすれば――。

空から、光が差してきた。何条もの光の柱が、あちこちの地面に突き刺さり、沈み込んでゆく。

そして光の消えた地面が、ぼこりと盛り上がって――。

手が出てきた。骨の覗いた手が、地面をかきむしる。土をはねのけ、地面の下から、死者が現れた。

「行方不明者は土葬か。もとより容赦はしないつもりだったが――。彼らは余よりも容赦がなさそうだな」

イッセーが言う。

亡者の群れは、イッセーや咲子《にこ》たちの脇を歩き抜け、教団の建物に向かっていった。

銃声、怒号、叫び声、悲鳴、などなどが聞こえてきたが、やがて段々とまばらになっていった。

咲子《にこ》と詩織は、ずっと抱き合ってガタガタ震えていた。なーにも見なかった！　なにも聞こえなかった!!

◇

数時間が経って……。

イッセーの姿を求めて、咲子《にこ》と詩織は手を繋ぎ合って、あちこちを歩いた。

夜明け近くの現場には、様々な人がひしめくようになっていた。

警察なのか公安なのか自衛隊なのか、咲子《にこ》には、それはよくわからない。

戦闘――といえる行為は、だいぶ前に終わっていて、その後片付けをしている。

人の中を、詩織と二人で歩いた。

なんで自分は、こんなところにいるのか。それはイッセーが心配だったからだ。

せっかく生き返――もとい、意識不明から回復したのに、そのまま放っておいたら、またどこか手の届かないところに行ってしまいそうで……。

ようやくイッセーの背中を見つけて、咲子《にこ》と詩織は立ち止まった。

「イッセー……？」

「イッセーさん……？」

「咲子《にこ》、詩織――」

振り返ったイッセーは、いつもと変わらない笑顔を浮かべた。

疲れというものを、まったく感じさせない顔だ。

傍らのちとせは、服と姿勢はぴしりとしているものの、その表情は疲れきっている。

もう一人のメイド――菜々子は、イッセーとちとせの足にもたれかかって、ぐーぐーと寝ている。

「すまないな。危険な現場に付き合わせてしまった」

「そ、それはいいけど」

「だ、だいじょうぶです……」

咲子《にこ》と詩織は、二人して言った。イッセーが自分たちのことを心配してくれているのが、くすぐったくて、すごく嬉しい。

「イッセー……、それが？」

咲子《にこ》はイッセーの手にある物に目を留めた。

「ああ。天秤だ」

「じゃあ、それを取り戻したから……」

「ああ。役目は終わった」

「じゃあ……」

咲子《にこ》は詩織と顔を見合わせた。二人でうなずき合う。

――じゃあ、もう危ないことしなくていいんだ。

「さて……。そろそろ、時間だな」

地平線を見つめて、イッセーは言う。

「え？　時間？」

「刻限は、夜明けまでだと言っただろう？」

「だからそれは……、天秤？　とかいうのを手に入れたから……、大丈夫なんでしょ？」

「おや？　きちんと説明していなかったかな？」

イッセーは、言う。

「いまの余の命は、アヌビスから与えられた仮初めのものだ。天秤を取り戻すことはアヌビスとの約束だったが、その達成如何によらず、余の命は夜明けまでのものとなる」

「……えっ？」

そういえば……。そんな話を道中にされた覚えがある。

あのときは、冥界も、神も、まったく信じていなかったから、気にしていなかったけど……。

天秤があるということは、冥界があるということで、アヌビスが実在するということで……。だとすると、イッセーの言う〝仮初めの命〟ということも本当で……。

「イッセー……、死んじゃうの？」

「余はもう死んでいる。トラックに撥ねられたときにな」

「やだ……」

咲子《にこ》は、助けを求めるように、ちとせを見た。

イッセーに仕えるメイドは、目を伏せて、すべてを受け入れるという顔をしている。

菜々子はぐーすか寝ている。

隣を向くと、詩織も、大きく見開いた目を震わせていた。

「イッセーさん！　なにか――――！　なにか手を考えましょう！　きっとなにかあるはずです！」

「……！」

「残念だが時間切れだ。それに残された時間は、足掻くためではなく、おまえたちと話すために使いたい」

眼鏡の下に大量の涙をためて、詩織はイッセーを見る。

「詩織……。本を読んでくれ。余のかわりに。たくさんな」

「は、はい……」

詩織は絞り出すように、そう返事した。

「咲子《にこ》……。卒業まで一緒に通えなくてすまん」

「謝んな。ばか」

「ふむ……？　では。おまえのパンツは、よいパンツであったぞ」

「もっとばか」

咲子《にこ》は目の端を指でぬぐった。

「ほら。――ちとせさんにも」

咲子《にこ》に言われると、おお、という顔で、イッセーはちとせを見た。

あたりまえすぎて忘れていた。――とでもいう顔だ。

「ちとせ。……その、これまで世話になったな」

「いえ。お坊ちゃまをお世話することが役目でしたので」

「おまえの紅茶を飲めなくなることが残念だ」

「恐れいります」

完璧なメイドの顔で、ちとせはうなずいた。

「あと……、おまえは余を叱ることのできる、唯一の者であったと――そう言っておく」

「そんな……っ、おそれ……おおい……、ですっ」

完璧なメイドの顔は、ここで決壊した。

ぐしぐしと掌で目元を擦ってから、ちとせは、まっすぐに自分の主人の顔を見た。

「そろそろ……。時間のようだな」

地平線の向こうから、朝日がのぼる。

その陽に照らされて、イッセーの手の中にある天秤が、さらさらと粒子になって消えてゆく。

そしてイッセーの体は、ふらりと傾いた。

三人の女たちの手で、イッセーの体は抱き止められた。

「んあ……？　あれっ？　ご主人さまは……は、どうしたんですかー？」

目を覚ました菜々子が、きょろきょろとしていた。

#04-05. 余はパンツが見たいぞ

気づいたときには、そこに立っていた。

不思議な渦巻き模様の浮かぶ、暗い空。

冥界に戻ってきたのだと、すぐにわかった。

自分の手の中に、天秤があった。

現世からどうやって持ち帰るのか。神器というものは、物質のように見えて物質ではないだろう。

イッセーは周囲を見やった。

アヌビスが立っていた。

「使命を果たして、よくぞ戻った。イッセーよ」

「約束だからな」

事もなげに、イッセーは言った。

天才の言葉は絶対だ。イッセーが口にしたことは実行されなければならない。

相手が誰であれ。——たとえ神であれ。

天秤が、イッセーの手からアヌビスの手に渡る。

「もうなくすなよ。次になくしたら、もう知らんぞ」

「うむ。気をつけよう」

天秤が、光の粒子になってアヌビスの手に吸い込まれる。

そういう便利なことができるなら、はじめからやっておけ。

そうは思ったが、感激の笑顔を浮かべるアヌビスには言わないでおく。

〝女心〟というものを学んで、イッセーは「空気を読む」という超能力を身につけつつあった。

それはイッセーの天才をして、なお困難な道のりであったが、絶えざる鍛錬は、着実に実を結びつつあった。

「おまえには……、褒美を取らせねばな」

目頭を拭って、アヌビスは言った。

「心外だな。褒美が欲しくてやったのではない」

約束をしたからだ。

もっと正確に言えば、アヌビスに頼まれたからだ。

さらに正確さを追求するならば、アヌビスが顔を曇らせていたからだ。

「いや。人間に借りを作っておいて、褒美を与えぬのでは、神の沽券に関わる。なんでも、どんな願いでも申してみよ。アヌビスの名において叶えてやろうではないか」

「ふむ……」

イッセーは考えた。この流れは悪くない。

〝願い〟とやらを聞かれたが、〝願い〟というものは、イッセーにとってひとつしかありえない。

「余の願いは――」

「――ああ。皆まで言うな。わかっておる」

言いかけたところで、アヌビスに止められる。

「おまえの願いは、わかっておるとも」

「そうか」

イッセーはうなずいた。

最初に望みを告げてある。「パンツを見せろ」と、そう言っている。

詩織のときの失敗は二度と繰り返さない。

「別れのとき、あの女たちは、ずいぶんと泣いておったな」

「そうか？」

あの女たちというのは、ちとせや咲子《にこ》や詩織たちのことだろう。

別れの言葉を告げてはきたが、泣いていたかどうかまでは見ていなかった。

……泣いていたのか？　なぜだ？

「わかっておる……。おまえの望みは、あの女たちのもとに戻ることだろう？　あの光景を見ていては、妾《わらわ》にもわかるわ。間違えようがない」

アヌビスは腕組みをして、何度もひとりでうなずきながら、確信した顔でそう言った。

「生き返ることが、おまえの望みだ。妾《わらわ》には、ちゃんとわかっておるわ」

「いや。違うが？　そんなことを望んではいない」

「……は？」

アヌビスは、まじまじと、イッセーを見てくる。

「間違っているぞ？」

「え？」

イッセーが言うと、アヌビスは、ぽかんと口を開いた。

「最初にも言ったろう？　余はパンツが見たいぞ」

「は？　なんと言った？」

「パンツだ」

「そ、それはつまり……、下着的な意味合いの……？」

「そう。そのパンツだ。正解だ」

イッセーはうなずいた。

アヌビスはなぜだか目を見開いている。……が、ようやく伝わったということは、イッセーにもわかった。

「おかしい！　おまえ！　おかしいぞ！　どうしてこの状況で生き返りを願わないの

だ!?」

「なぜなら、そこにパンツがあるから。……だな」

じっと腰回りを見る。

アヌビスは腰巻きのスリットスカートを穿いている。

その下にパンツはあるのか？　前から気になっていた深遠なる疑問だ。

「……あるのか？」

「な、なにがだ？」

「おまえはそもそもパンツを穿いているのか？」

ギラつく眼光を目に宿らせて、イッセーは問うた。

「そ、それは……」

アヌビスは眼力に屈して、顔を背けた。

「は、穿いていたら……、ど……、どうじゃというのじゃ？」

「ふっ……。ならば見せてもらおう」

「な、なぜ見せねばならぬ！」

「ならば、神とやらは、それまでの存在だということだ。――貴様はさっき言ったな？　どんな願いでも叶えると。――その言葉が偽りだったということだ」

「だ――！　だからおまえを生き返らせてやろうと――！」

「そんなことは願っていないぞ。余はパンツが見たい。――それだけだ」

アヌビスはイッセーを睨みつけた。唇を噛む。

「さあ――。選べ。約束を違えるか。それともパンツを見せるか。二つにひとつだ」

「くっ……。人間風情が……。神を脅迫するなどと……」

アヌビスは、杖を、どんと大地に打ちつけた。

イッセーには背を向ける。

そして杖を股の間に差しこんで、スカートをすこしずつ、まくっていった。

おおっ……!?

イッセーは後ろに回りこみ、低い位置から、徐々に露わになる太腿を見ていた。

これまでで最も困難だったおパンツが、ようやく御開帳されようとしている。

アヌビスがみずからまくり上げたスカートの端から、紫色の布地が覗く。

イッセーは、ばくばくと高鳴る心臓の鼓動を感じていた。

やはり、おパンツはエキサイティングだ。おパンツは素晴らしい。

おパンツ！　おパンツ！　おパンツ！

ヒップと股間を包む紫の布地が、複雑な皺を作っている。イッセーはそれをまじまじと見つめていた。

おパンツ！　おパンツ！　おパンツ！

「この冥界におまえの居場所があると思うな」

冷えきった顔とまなざしで、アヌビスが言う。

だがイッセーには聞こえていない。

「はふぅ……」

満足しきった吐息とともに、イッセーは地べたに座りこんだ。

そして、そのまま――。意識が遠くなっていった。

◇

目覚めたときには、白木の箱の中にいた。

白装束を着て、体中に花がのせられている。

そしてなによりも――。

「熱いぞ！」

白木の箱全体が高熱にさらされていた。つまり燃やされていた。

イッセーはすかさず脱出をした。箱を蹴破り、鉄扉も蹴破り、服を少々燃え上がらせながらも、高熱の炉の中から脱出を果たすと――。

「……えっ？」

ちとせがいた。菜々子がいた。

咲子《にこ》と詩織の姿もあった。

皆、黒い服を着ていた。

皆、一様に——まぶたを腫らしていた。

イッセーは振り返り、自分が抜け出してきた場所を見た。

そして理解した。

「ああ。火葬場か」

「い、イッセー……？」

信じられない、という顔を咲子《にこ》がしている。

「ああ。神と話をつけてきた。……どうやら冥界に余の居場所はないらしい」

「え……？　ほ、ほんとうに……イッセーさん？」

「驚くことか、詩織？　生き返ったのは二度目だぞ」

詩織の手が、ぺたぺたと顔や首筋に触れてくる。

イッセーは触れられるままにしておいた。詩織はいつまでもイッセーに触れて、なにかを確認していた。

「お坊ちゃま。……お帰りなさいませ」

ちとせが言う。イッセーは顔を向けた。

「うむ。戻ったぞ」

「今後のご予定は？」

「屋敷に戻って、おまえの淹れた紅茶が飲みたいな」

「はい。了解しました」

ちとせは目を伏せてそう言った。

「スコーン！　スコーンも焼きましょう！　先輩！」

菜々子が大声をあげる。

「そうだ。スコーンもだな」

イッセーは菜々子にうなずいた。

#SS-01. 豪徳寺一声のとある平均的な一日

いつもの朝。いつもの豪徳寺邸の一室。

いつもの時間に起き、いつもの日課をこなしていたイッセーに、メイドのちとせが声をかけてくる。

「お坊ちゃま。朝食の用意ができました」

「うむ」

某国の大統領からの相談事項に、返信を書き終わり、送信をしたところで、イッセーは椅子を回してちとせの背中に目をやった。

ちとせはカーテンと窓を次々と開けてゆく。

「今日はよいお天気ですよ。窓を閉めたままでは、もったいないですよ」

「ふむ……」

たしかによい天気であった。

青空と白い雲。

逆光の中で、ちとせの姿が輝いている。メイド服の長いスカートは、膝下二〇センチのところで揺れている。

その光景を見ていると……、ふと……、イッセーの心に〝ある気持ち〟が去来した。

「朝食はスクランブルエッグとベーコンです。パンは焼きたてです。ジャムは昨日作ったばかりの自信作です」

笑いかけてくるちとせに、イッセーは、言葉で伝えることにした。

「ところで、今日はパンツ日和だな」

「……は？」

ちとせの笑顔が、固まった。

「……お坊ちゃま。……またですか？」

笑顔の破片を顔にこびりつかせたまま、ちとせは、心底嫌そうな顔になって、そう言った。

「前のときにも申しあげましたけど……。これって、セクハラであり、パワハラですからね？」

「そうか」

そんなことは当然ながら知っている。

だがこの欲求には、抗いがたい強度があるのだ。

「余はパンツを見たいぞ」

「お断りします」

「だが見たいのだ」

「なんと申されましても、もう二度と見せません」

「前のときには、札束を積んだら見せたではないか。また札束を積めばよいのか？　身長の高さまであれば充分か？」

一万円札は、一〇〇枚で一センチの厚さとなる。

ちとせの身長の高さまで積み上げられた一万円札は、一億六〇〇〇万円ほどの額面となる。

前回はそれでパンツが見れた。天才であるイッセーには、学習済みであった。

「お金で見せたわけではありません」

「現に見せただろう」

「それにあのお金は、全額お返ししました」

「受け取ってはいないぞ。おまえの退職金として積み立て、余のポートフォリオにて運用中だ。退職時にはすくなくとも三倍には増えている」

「頂きません。退職だってしませんし」

豪徳寺のメイドであるちとせは、一生をもって主《あるじ》に仕える決意をしている。

〝退職時〟という話を持ち出されて、ちとせはちょっぴり傷ついていた。

――ずっとお側《そば》にいたいのに。この人は、もう、ぜんぜんわかってくれてないんだから。

そんなちとせの心をよそに、イッセーはスマートフォンを取り出している。

「お坊ちゃま、どこに連絡なさっておいでですか？」

返事のかわりに、廊下を近づいてくる音が返事となった。

「ご主人様ーっ！　持ってきましたー！」

豪徳寺家のドジっ子メイド、菜々子が、ドアをバターンと開けて、部屋に入ってくる。

台車にはジュラルミンケースが満載されている。

「積みますかー⁉　また縦積みですかー⁉　背丈までですかー⁉」

「菜々子……」

ちとせはこめかみを揉んでいた。主人の命でも、従っていいものと、そうでないものとがあるだろう。

こんなこともあろうと、ちとせは、ポケットに忍ばせていたものを取り出した。

ちとせの焼いたスコーンが、菜々子は大好物なのだった。

それを、ぽいっと、廊下に放る。

「あっ⁉　——スコーン⁉」

菜々子が廊下に飛び出した。拾っている。

ちとせは台車ごとジュラルミンケースを足で蹴り出し、そして、バタンとドアを閉じた。

しっかりと施錠してから、ちとせはイッセーに振り返った。

「その顔は怒っている顔だな」

「そう見えるのなら、そうなのでしょうね」

ちとせのこめかみには、青筋が浮かんでいる。

天才ゆえ、凡人の心理には疎いイッセーであったが、そのわかりやすい「記号」から、ちとせの怒りを読み取ることができていた。

「だが決定に変更はない。余はパンツが見たいぞ」

「はぁ……」

ちとせは、深々と、ため息をついた。

まなじりを決して、睨むような目で、イッセーを正面から見つめる。

「わかりました……」

「見せてくれるか!?」

なんの屈託もなく、イッセーは顔を輝かせる。

――ああもう、この人は。

その笑顔は、ちとせにとっては、あまりにもまぶしかった。天才であるイッセーが、こんなに感情を露わにすることは滅多にない。

たぶん、ちとせしか知らない顔だ。

「やむを得ません……。お坊ちゃまが……、あたり構わず、女性にパンツを見せろと、セクハラをしないためですので」

「いや。ほかの女のパンツは見たくない。余はおまえのパンツだから見たいのだ」

きゅん、となったが、ちとせは表情には出さず、あくまで事務的かつ怒りを露わにした嫌な顔を浮かべる。

スカートの裾に手を掛けて――イッセーを、ぎろりと見やる。

「まったく。情けないですね。豪徳寺家の当主たるものが、床に這いつくばってご鑑賞ですか」

言われて、イッセーは気がついた。――自分が姿勢を低くして床の上で待機していたことに。

だがローアングルから見るのが、おパンツの〝正しい〟観賞法だ。

「呼吸まで荒くして――。そんなに見たいんですか、私の下着を？」

ちとせはゆっくりとスカートを持ちあげてゆく。膝頭が見える。ストッキングが終わりを告げ、ガーターが見えてくる。

そして――。

純白のおパンツが、その姿を現した。

どこまでも純白の中に、ただひとつ、赤いリボンが鮮烈なアクセントとなって映えている。

「……はふう」

イッセーはよろよろと後じさり、落ちるようにして、ソファーにへたりこんだ。

完全に満足できた。

やはりおパンツはよいものだ……。

ちとせはスカートを戻し、いつもの顔に戻っていた。

「朝食の用意ができています。お坊ちゃま。食堂へどうぞ」

心の中はともかく、いつもと完全に同じ声で、そう言った。

◇

いつもの教室。いつもの授業。

授業を受けながら、イッセーはぼんやりと空を眺めていた。

天才とはいえ、イッセーは高校生である。

よって昼間は授業を受けている。

天才のイッセーが授業から学ぶことはおそらくなにもないが、〝学校〟という場所には、授業以外にも価値のあることがある。

それはたとえば――級友《クラスメート》との交流などだ。

チャイムが鳴る。四限の授業が終わりを告げる。

昼休みになった途端、生徒たちはお祭りでもはじまったかのような騒ぎをする。

そこが天才であるイッセーには、よくわからない。

たかが栄養補給に、なぜそんなに喜ぶのか？

「イッセー！　一緒にごはん食べよー！」

クラスに棲息するギャルのうちの一人——藤野咲子《にこ》が、イッセーの背中をバンと叩いた。

赤い手形が服の内側についたことを確信しながら、イッセーは咲子《にこ》に応じた。

「ああ。構わない」

「うふふ。オカズ、分けてね。ちとせさんの料理、ほんっと、おいしいもんねー」

「それが目当てか」

「あははっ。バレたー?」

軽口を交わしながら、廊下へと出る。

教室で弁当を広げる者、購買にパンを買いに走る者、色々な連中でごった返すなかで、イッセーと咲子《にこ》とは、肩を並べて歩いた。

咲子《にこ》とは、以前、色々とあって——すっかり仲がよくなっている。

こうして昼はいつも一緒に食べている。

〝友人〟と呼べる存在を持ったことのないイッセーであったが、これはもう、〝親友〟と呼んでも差し支えない関係なのではあるまいか。

「なんかまたムズかしーこと、考えてる?」

「いいや」

イッセーは答えた。

立ち止まると、咲子《にこ》が不思議そうな顔で振り向いてくる。

窓の外には、青い空——。白い雲——。

その光が逆光となって――。

ああ……。今日は本当にパンツ日和だ。

イッセーは、角をふいっと曲がった。

「あれ？　第二校舎のほう、行くんじゃないの？」

「いいや。こっちだ」

「だってそっち、第一校舎で……」

首を傾げながらも、咲子《にこ》は後ろについてくる。

学年の違う古いほうの第一校舎に渡り、その屋上に向けて階段を上がってゆく。

「こっちの屋上って、立ち入り禁止じゃなかった？　……ほら」

階段を上りきったところで、「立ち入り禁止」という張り紙が目に映る。

屋上に出るための扉には鍵が掛けられていた。老朽化のためにこちらの屋上は立ち入り禁止となっている。生徒なら誰もが知っている。

「だからよいのだ。ここなら誰も来ないからな」

「……えっ？」

イッセーが言うと、咲子《にこ》は目をぱちくりとさせた。

天才であるイッセーは、これまでの経験から、ある洞察を得ていた。

パンツを見せるとき、女は、人目があることをひどく嫌う。

イッセー自身はまったく気にしない。

だが天才の頭脳が弾《はじ》き出した確率でいえば、昼休みの皆のいる教室で「パンツを見せろ」と言ったケースと、誰も来ない場所で「パンツを見せろ」と言ったケースとでは、成功率には、ゆうに数倍の開きがあるのだ。

「咲子《にこ》。パンツを見せてくれ」

「……はぁァ？」

イッセーがそう言うと、咲子《にこ》の目が途端に険しくなる。

「まーたバカなこと言ってんの？　それともからかってんの？」

「馬鹿なことでもないし、からかってもいない。余は本気だ。パンツが見たいのだ」

「なんで？」

「今日はパンツ日和だからだ」

「意味わかんない」

まったく明快かつ完璧な答えをしたのだが、咲子《にこ》にはわからなかったようだ。

やはり凡人には理解できないか。

だがパンツは見る。これは決定事項である。

「からかってんなら――、帰る」

階段に向かおうとする咲子《にこ》の進路を、手を突いて塞ぐ。

「えっ？　やっ、ちょっ……！　これ壁ドン……」

逃げられないようにしておいて、イッセーは再度、念を押した。

「咲子《にこ》。余はパンツが見たいぞ」

「ちょ……。顔……近いって！」

顔に手を当てて、ぐーと押される。でもその手には、あまり力がこもっていない。

空いている手で、咲子《にこ》の両方の手首をひとまとめにして摑む。壁に押さえこんで、さらに念を押す。

「咲子《にこ》。おまえのパンツだから、見たいのだ」

「～～～～――!!」

咲子《にこ》は顔を真っ赤にしている。なにか言おうとしているが、言葉にはなっていない。

もう逃げようとはしないようなので、手首を解放して身を離した。

咲子《にこ》はしきりに髪を撫でつけ、ちら、ちらと横目でイッセーを覗き見る。

「まったく……、もうっ……。イッセーが変なのは知ってるけど……。こ、こーゆーのって……、セクハラなんだからね……？」

「それはちとせにも言われたな」

イッセーが言うと、咲子《にこ》の雰囲気が、がらりと変わった。

「ふーん……。ちとせさんのパンツも……、見たんだ」

「ああ。今朝がた」

「それで？　わたしのパンツも見たいって？」

凄みのある顔と声で、咲子《にこ》は聞く。

「ああ。もちろん」

「サイテー」

顔からも声からも、表情が消える。

冷たい目線が向けられる。

イッセーはこの表情を知っている。これは「軽蔑」という種類の顔である。「嫌な顔だ」というものである。

だがこの顔がきたとき、パンツが見れるということもまた、天才であるイッセーは学習済みであった。

イッセーは低い姿勢を取った。

咲子《にこ》のスカートはひどく短い。これだけですでに見えそうになっているが……。

だが、イッセーは咲子《にこ》が自分の意思により、おパンツを見せてくれるのを待った。

その手が、みずからスカートをまくっていくのを待った。

「もっと違うふうにきてくれれば……」

スカートの裾に掛けた手を、一旦止めて、咲子《にこ》はなにかを言った。

「……？」

イッセーは顔を上げた。

早く見せて欲しいという気持ちが顔に表れてしまっていたかもしれない。

自分の感情をコントロールできないなど、天才であるイッセーにとっては滅多にないことだが……。

だが、それがいい。

おパンツ！　おパンツ！　おパンツ！

咲子《にこ》の手が、スカートをめくり上げる。

「……おおっ！」

思わず声が洩れた。

「……この、ヘンタイ」

咲子《にこ》の目が冷たく見下ろしてくる。

「……はふう」

イッセーは満足しきって、床にへたりこんだ。

「……で？　おべんと食べんの？　どうすんの？」

咲子《にこ》が聞く。イッセーは答えた。

「うむ。食べよう」

階段の踊り場で、二人で昼食をもそもそと食べた。

◇

学校帰りに駅前の書店に立ち寄ることは、イッセーの日課となっていた。

駅まではほかの生徒たちのように徒歩で移動する。

黒塗りのリムジンがそろそろと徐行してくっついてくるのを、ほぼ無視するように歩き、書店の自動ドアを慣れた足取りで入ってゆく。

「あっ……！　いらっしゃいませー！」

本の棚の整理をしていた店員――松浦詩織が、イッセーを見て、弾んだ声と笑顔を投げかけてくる。

「今日はなんの本ですか？」

常連であるイッセーは、いつも大量に本を買っている。

天才であるイッセーは、本など、数秒もあれば内容をすべて丸暗記してしまえるのだが、この店では覚え終わった本も、きちんと購入することにしている。

「いや。今日の用事は本ではない」

「えっ……？」

詩織は、どきりと胸を高鳴らせた。

まさかデートのお誘い……？　などと、妄想に近い思考が駆け巡る。放っておくと、いつものようにぐるぐると回り続けてしまうので、顔をぱしんとはたいて、詩織は、みずからを正気に戻した。

「え……、ええと……、それでは、な、なんでしょう？」

「詩織。パンツを見せてくれ」

「……は？」

詩織は、しばらく固まっていた。

やがて再起動すると、先ほどまでとはうってかわった表情をイッセーに向ける。

眼鏡の位置をついっと直して、レンズの下から、冷たい目がイッセーをとらえる。

「またですか」

「そうだ」

「なぜですか」

「今日はパンツ日和だからだ」

「……はぁ」

詩織は、長い長いため息をついた。

「イッセーさんが、たまにおかしくなるのは知っていますが」

「いや。おかしくはなっていない。余はパンツが見たいだけだ」

しばらくの間があって——詩織は、再び、長い長いため息をついた。

「はぁ……」

——なんでこんな人、好きになってしまったんでしょう？

詩織は自問自答するが、答えなど、あるはずがない。

イッセーは目をキラキラと輝かせて、早くも中腰の視線になっている。

期待されている。待たれている。

ああもうどうしよう。

「他の人には言わないほうがいいですよ。軽蔑程度で済ませてくれるのは、私くらいなものでしょうから」

詩織は軽蔑のまなざしをイッセーに投げ落とした。

入口からは見えない位置で二人でこもる。本棚に身を隠すように、詩織はジーンズを下ろしてくれた。

イッセーは、本日三度目の「満足」を得た。

◇

「戻ったぞ」

「お帰りなさいませ。お坊ちゃま」

屋敷に帰ると、ちとせが出迎えて深々と礼をする。

カバンを預け、ちとせの手によって上着を取り去られる。

そして、ちとせの淹れた紅茶がテーブルの上で湯気を立てている。

「今日は一日、どうでしたか」

ふと、ちとせが、そんなことを聞いてきた。

なぜそんなことを聞くのだろう？

だがイッセーの答えは決まっている。

「ごく平均的な一日だったな」

「そうですか」

ぷいっと、拗ねたような顔でそっぽを向いたちとせに、イッセーは首を傾げた。

天才にも、わからないことはある。

あとがき

ＢＪノベルでは、はじめまして、新木伸と申します。

『嫌な顔されながらおパンツ見せてもらいたい』は、40原さんによる同名のイラスト同人誌が原作となっています。

同人誌をご存じの方も多いと思いますが、見開きイラスト＋セリフひとつで、様々な女の子たちが「嫌な顔」をしながらおパンツを見せてくれるという内容になっています。

小説では、女の子のキャラクターをそのまま使わせていただき、ストーリー及びシチュエーションと小説本文、が、新木の担当となっています。

40原さんとは、新木がTwitter上で「嫌パンへの思い」をつぶやいていたところ、交流ができました。飲んでる席で意気投合しまして、ＷＥＢで小説連載をすることになりました。小説家になろうで連載していましたら、フランス書院様より書籍化のオファーを頂きました。

そんなわらしべ長者的な流れで、大判ノベルとして刊行される運びとなったという次第です。

そしてまた、小説のほかにも、マンガ展開も行われています。

いまこの本が出ているタイミングで、すでに、「となりのヤングジャンプ」と「ニコニコ静画」にて、マンガ連載がはじまっています。作画はキドジロウ氏。このあとがきの後ろに、コミックの広告ページがありますので、よろしければ、そちらの二次元バーコードからどうぞ。

はじめ、クリエイター同士の悪ノリでやっていたものが、なんかあっちこっちを巻きこんだ大きなお仕事になってしまいました。

小説の刊行が決まったとき、最初の打ち合わせを、フランス書院の会議室でやっていたのですよー。

その打ち合わせが終わったあと、新木がたまたますぐ近くの集英社のほうでも打ち合わせがあったもので、40原さんにも一緒にお越しいただいて、顔合わせなどしていたところ、コミカライズのお話が、その場で、とんとんとーん、と決まってしまいました。

なんでも、『嫌な顔されながらおパンツ見せてもらいたい』というタイトルを聞いただけで、「これはイケる！」という手応えがあったのだとか。

ところで内輪話となりますが、40原さんとどんな話題で意気投合していたのかという話です。

『罵倒少女』という作品があります。

女の子が激しく罵倒してくる。その女の子は、主人公以外には人当たりがいいんだけど、主人公のことだけは毛虫のように嫌っている。本当に容赦ない冷たい言葉で罵り続ける。

だけどセックスはさせてくれる。

——と、そういう作品。

40原さんも新木も、この作品、大好きなんです。

だけどあまりにも「北極」すぎて、罵倒が厳しすぎて、これを楽しめる人は、けっこう限られてしまうのではないかと……。

『からかい上手の高木さん』という作品があります。

女の子が主人公のことを、いつもからかってくる。主人公は「くそー！　またからかわれたー！」と憤慨する。だけどじつは女の子は、主人公のことが大好きで、それでからかってきている。――と、そういう作品。

『罵倒少女』が北極点なのだとすれば、『からかい上手の高木さん』は赤道直下です。ぽっかぽかです。

そして『嫌な顔されながらおパンツ見せてもらいたい』というコンテンツは、北極と赤道、そのちょうど真ん中ぐらいに位置しているのではないかと……。罵倒少女では濃すぎるが、高木さんでは温かすぎる、という層にジャストフィットではないかと……。

そんなような話で盛りあがっておりました。


あと、嫌パンをストーリー付きコンテンツにするにあたっては、「フラグへし折り系ラブコメ」を強調したいという話もありました。


「おまえ、ちがうだろ⁉　そこは〝つきあおう〟って言えよ！　そうすりゃコロっと落ちるだろ！　もうフラグ立ってんだろ！　恋人になればパンツだって見放題だろ！　なんで、よりにもよって、いちばんダメな選択肢を言う⁉　〝パンツ見せて欲しい〟――なんて！　そりゃパンツは見せてもらえるけど！　パンツは見たいけど！　パンツの嫌いな男子なんていないけど！」

――という感じに、主人公のフラグへし折り感に悶えまくって頂ければ幸いです。

嫌《いや》な顔《かお》されながらおパンツ見《み》せてもらいたい1
～余《よ》はパンツが見《み》たいぞ～

著者／新木 伸（あらき・しん）
原作・挿絵／40原（しまはら）
発行所／株式会社フランス書院
〒102-0072　東京都千代田区飯田橋 3-3-1
電話（営業）03-5226-5744
（編集）03-5226-5741
URL http://www.bishojobunko.jp

印刷／誠宏印刷
製本／ナショナル製本

ISBN978-4-8296-8891-5 C0093

嫌な顔されながらおパンツ見せてもらいたい
～余はパンツが見たいぞ～
IYANAKAO SARENAGARA OPANTSU MISETE MORAITAI
原作 40原
漫画 キドジロウ
脚本 新木伸
ジャン!」アプリにて絶賛連載中!!
©40原・キドジロウ・新木伸/集英社